令嬢はまったりをご所望。3

三月べに

Beni Mitsuki

Regina

JN045111

レジーナ文庫

登場人物紹介
チセ
獣人傭兵団の一人。狼の姿を持ち、毛並みは青色。豪胆な一方で、意外にもロマンチスト。
ローニャ
とある小説の世界に、悪役令嬢として転生した少女。婚約破棄をきっかけに、前世からの夢だったまったり生活を手に入れ、田舎街で喫茶店を営んでいる。
シゼ
獣人傭兵団のボス。獅子の姿を持ち、毛並みは純黒。普段はクールだが、積極的な一面も。
ロト
蓮華の妖精。お手伝いが得意。

オルヴィアス
エルフの女王の弟で英雄。絶世の美貌の持ち主でとても一途。
シュナイダー
ローニャの元婚約者。失踪した彼女を捜し出すため奔走中。
リュー
涙からサファイアを生み出すフィーロ族の女の子。
セス
セナの弟。ジャッカルの姿を持ち、毛並みは黄緑色。いつも可愛い服を着ている。
リュセ
獣人傭兵団の一人。チーターの姿を持ち、毛並みは白色。イケメンだけどちょっぴり照れ屋さん。
セナ
獣人傭兵団の一人。ジャッカルの姿を持ち、毛並みは緑色。読書が趣味で、いろいろなことを知っている。

目次

令嬢はまったりをご所望。3

序章 ❖ エルフの女王と元婚約者。

ローニャの元婚約者――シュナイダーは、頭を抱えていた。

ローニャのことを誤解していた。自らの過《あやま》ちを正し、許しを乞いたい。そう思った彼は、ローニャの祖父ロナードに友人共々追い返されてからも、諦めずにローニャを捜していた。しかし、彼女を見つけられないでいる。

ロナードに、彼女の居場所を教えてほしいと毎日のように頼み込んでも、彼は決して首を縦には振らず、シュナイダーを門前払い。

ローニャと契約している精霊オリフェドートに会いたくとも、許可を得た人間しか彼の森には入れない。

王都を駆け回ってローニャの行方を捜したが、やはり見つからなかった。

それでも彼女の無事をこの目で確認したくて、シュナイダーは苦渋の選択を取ることにした。

同じくローニャを捜しているというエルフの国の王弟オルヴィアスに、心当たりがないか問うことにしたのだ。

ローニャは気付いていなかったが、オルヴィアスはローニャに恋心を抱いていた。

オルヴィアスは直接ローニャにアプローチこそしなかったものの、シュナイダーには敵意を向けてくることが多く、互いにいがみ合う仲だった。

そんなオルヴィアスは、行方をくらましたローニャのことを血眼《ちまなこ》になって捜しているという。彼はもう、ローニャの行方について何か手がかりを掴んでいるかもしれない。

けれど彼を頼ることを、シュナイダーのプライドが躊躇《ちゅうちょ》させ続けた。

そのプライドも捨てて、シュナイダーはローニャを見つけるためにエルフの国に足を運んだ。

女王ルナテオーラが治めるガラシア王国。

豊かな緑と、石の建物が並び、穏やかなハープの音色が響き渡る美しい国だ。そんな美しい景色を一望できる壮麗な宮殿で、シュナイダーはルナテオーラと会った。

オルヴィアスに会いたい、と伝えたのだが、通された先にいたのは、彼女だけだった。

「弟は今留守にしています。あなたの用件はわたくしが代わりに聞きましょう」

そう言って迎えてくれたルナテオーラに、シュナイダーは跪《ひざまず》いて頭を下げる。

婚約破棄して以来ローニャとは会っておらず、行方を捜していると正直に打ち明け、王弟オルヴィアスがなんらかの情報を持っているのなら教えてほしいと頼んだ。

立派な鹿の角のようなデザインの玉座に腰を下ろしたルナテオーラは、静かにこちらを見下ろしている。そして、微笑みを浮かべて言い放った。

「事を大きくしたくないために、そちらの国王が詳細を伏せているのだと思っていましたが……あらあら、まさかあなたが原因だったとは。実の甥であるあなたがこんな最低な男になっていたなんて、他国の王に言えないのも無理ありませんわ」

最低な男、という部分を強調されて、シュナイダーはギョッとする。

そんなシュナイダーの様子を見つめながら、ルナテオーラは頬杖をついた。

「わたくしは、強く美しい女性の象徴として、国民から憧れの眼差《まなざ》しを向けられる女王。けれどこの国や宮殿の守りは弟と夫に任せていますわ。男性は強さを示すため、何かを守りたがります。そんな男性を信じて見守ってあげるのも、強く美しい女性の役目。しかし、男性を自惚《うぬぼ》れさせてはいけません。何かを守り抜く強さを与えているのは、紛れもなく女性なのだから」

シュナイダーに向けられる眼差《まなざ》しは、蔑《さげす》みを含んでいた。

「あなたは自惚《うぬぼ》れていますわ。ローニャ嬢を愛し、彼女に愛されていたからこそ、あなたは素敵な男性だったのです。思い返せばわかるでしょう？　彼女の支えなくして、今までのあなたがありますか？　彼女への想いなくして、今までのあなたがありますか？　ローニャ嬢と想い合っていたあなたは素敵な男性でしたわ。とてもお似合いでしたから、弟も想いを打ち明けることはなかったのです」

ルナテオーラの言葉に従い、シュナイダーは思い返す。

ローニャに出会ってから、彼女を守るために励んだことは山ほどあった。

彼女を一途に想う気持ち、守りたいという強い気持ち——ローニャの存在そのものが、シュナイダーを支えていた。

「ローニャ嬢が、あなたを素敵な男性にしたのですわ」

ローニャとともにあった時のことを思い出し、胸に熱が込み上げてくるのを感じる。

しかし——

「ローニャ嬢の大切さも理解していなかったあなたが、公衆の面前で婚約破棄した挙句、その直後に他の女性になびくなんて、最低ですわね。完全に自惚《うぬぼ》れていたのでしょう？」

ルナテオーラは容赦なかった。シュナイダーは冷水を浴びせられたような気になる。

「最低な男に成り下がったあなたが、ローニャ嬢に許してもらおうだなんて、どこまで自惚《うぬぼ》れれば気が済むのかしら。もう元には戻らないのですわ。他の女性の手を取ったあなたを、ローニャ嬢が今でも待ってくれていると思っているわけではないでしょうね？　彼女はそんな惨めな女性ではありません。ローニャ嬢が再びあなたを愛するわけがないですわ」

強い口調で言って、ルナテオーラは悪戯《いたずら》っ子のようににこりと笑った。

「ローニャ嬢と再会なんて、わたくしはさせたくありません」

シュナイダーはあんぐりと口を開けてしまう。

「そもそも、こちらもローニャ嬢の居場所を掴んではおりませんわ。オルヴィアスは、ローニャ嬢と親しくなった思い出の場所でなら会えるかもしれないと、今もそこで待っているようですが」

「っ！　それは確か……蓮華草《れんげそう》の丘だったはずです。妖精ロトの頼みで彼女が世話を手伝っている、蓮華《れんげ》の花の丘……そこでオルヴィアス殿下と会ったと聞いたことがあります……」

けれどシュナイダーは、正確な場所までは聞いていなかった。

「あの子は……どうやら、その丘で彼女に想いを打ち明けたいらしいの。思い入れのある場所で告白なんて、素敵だと思いません？」

シュナイダーは顔を引きつらせる。

恋敵がローニャに告白しようとしているなんて、聞いていて気分のいいものではない。

「オルヴィアスは大切な場所を、最低な男に汚《けが》されたくないでしょう。たとえわたくしがその場所を知っていても、あなたには教えませんわ」

わずかな望みすら、ルナテオーラは容赦なく取り上げる。

「あなたも、心の底からローニャ嬢に申し訳なく思っているのなら、二度と彼女の前に顔を見せないことです。それが彼女への償いになりますわ。まともな男性に戻るための第一歩と心得てくださいな」

ルナテオーラは、微笑んで優しく告げた。けれどその言葉は、シュナイダーの心をチクチクと突き刺してくる。

とはいえシュナイダーも、半端な気持ちでここへ来たわけではない。厳しいことを言われたからといって、すごすごと引き下がるわけにはいかなかった。

「ルナテオーラ女王陛下。自分はローニャに直接会って――」

「あらまぁ」

めげずに頼み込もうとしたシュナイダーだったが、ルナテオーラはそれを遮《さえぎ》った。

「わたくしに食い下がろうなんて、何様のつもりですの？」

うふふ、と口では笑っているが、ルナテオーラの目は笑っていない。威圧的な瞳に、シュナイダーは言葉を失う。

「いつまでかかっている!」

その時、男の鋭い声が響いた。

声のしたほうを振り返ると、そこには白銀の長髪を持つエルフが立っていた。彼はザッとローブを翻《ひるがえ》し、苛立ちも露《あら》わにシュナイダーの横を通り過ぎて、ルナテオーラのほうへ歩いていった。

ルナテオーラの夫、オスティクルス公爵。

彼はオルヴィアスと交代でルナテオーラの護衛を務めている。

シュナイダーは驚愕《きょうがく》したまま、その背中を見つめた。

オスティクルスとは面識があったが、彼の声を聞いたのはこれが初めてだった。それほど無口な男なのだ。

「急ぎの予定はなかったはずよね、オスティ」

ニコリと微笑んで、ルナテオーラは明るい声で答えた。オスティクルスは眉間のシワを緩ませることなく、険しい表情のまま彼女に手を差し出す。

「このような下劣な者のために、時間を無駄にするな」

それからオスティクルスはギロリ、とシュナイダーを睨《にら》んで言う。

「彼女はこの国の女王だぞ。――身のほど知らずめ」

「あら。おバカさんを罵《ののし》る暇があるのなら、自分に構ってくれと言いたいのですね？」

「……そんなこと、言っていないぞ」

「仕方ありませんね。次の予定まであなたに構ってあげますわ」

「言っていないと、言っているだろう」

ルナテオーラはオスティクルスをからかいつつ彼の手を取って立ち上がり、腕を絡ませる。オスティクルスはそっぽを向きながらも、彼女の腕を解こうとはしない。

「わたくしも弟も、ローニャ嬢について教えるつもりはありません。お引き取りくださいませ」

最後にそう告げてから、ルナテオーラは夫とともにその場をあとにした。

追うことは許されないだろう。シュナイダーはそう理解して項垂《うなだ》れ、エルフの国ガラシアを去った。

ルナテオーラは、オルヴィアスとローニャがうまくいけばいいと思っている。オルヴィアスにとっては、ローニャに想いを告げるのになんの障害もない状況だ。彼に直接ローニャの居場所を教えてくれと頼んでも、無駄だと悟った。

「待って！　シュナイダー！」

シュナイダーが学園に戻ると、ミサノに声をかけられた。しかしそちらを見もせず、寮の部屋に入り扉を閉める。

それでも扉を叩いてくるミサノに、シュナイダーは言い放った。

「もう会わないと言っただろ」

「なぜ私を信じてくれないの、シュナイダー！　ローニャが嫉妬《しっと》して私に嫌がらせをしていたことは、全部私の嘘だと言うの⁉」

「誤解だったんだ！　ミサノ、全部誤解だった！　オレも君も誤解して、ローニャをあんな目に遭《あ》わせてしまった！　オレも、君も、悪いんだ。……顔を合わせると、君を責めたくなってしまう。傷付けるようなことを言ってしまうかもしれない。だからもう、君とは会えない。頼む……諦めてくれ」

シュナイダーはもう一度、別れを告げる。

ミサノに騙《だま》されたのだと責任転嫁しないためにも、シュナイダーは彼女と顔を合わせるつもりはなかった。

「オレは……ローニャを取り戻したいんだ。誤解していたのだと説明して、許しを乞いたい……。どうなるかはわからないが……結果がどうあれ、オレと君の関係は終わりだ。

帰ってくれ」

そう告げて、シュナイダーは扉のそばから離れたのだった。

第1章 ❖ 恍惚《こうこつ》の告白。

1　妖精のお手伝い。

まったりした人生を送りたい。

前世からずっと、そう願っていた。

不思議なことに、私にはこの世界に生まれてくる前の——前世の記憶がある。

覚えているのは、息つく暇もないくらい忙しい毎日。朝早く起きて職場に行き、くたくたになるまで仕事をして、夜遅くに帰宅する。そんな苦しい日々の果てに、私はとうとう息絶えてしまったのだった。

そうして気が付くと、とある人物に生まれ変わっていた。それは、前世の私が好きだったネット小説の悪役令嬢——ローニャ・ガヴィーゼラ。ローニャは主人公《ヒロイン》から婚約者を奪われてしまう、意地の悪いキャラクターだった。

そんなローニャとしての人生は、前世以上にせわしなかった。

物心ついた頃から様々な教育を受け、息もできないくらい苦しい生活。家族はとても厳しく、伯爵令嬢としてひたすら高みを目指すよう強要された。

そんな生活の中で、大きな安らぎを与えてくれたのは、ロナードお祖父様《じいさま》とシュナイダー。家族で唯一優しく接してくれたお祖父様《じいさま》と、「一緒に愛を育もう」と言ってくれた婚約者のシュナイダーがいたから、私は苦しい生活に耐えられた。

でも、私とシュナイダーがともにハッピーエンドを迎えることはなかった。

小説の舞台となるサンクリザンテ学園に入学すると、シュナイダーは小説の主人公《ヒロイン》であるミサノ嬢と出会い、少しずつ変わっていった。そして小説の展開通り、私は婚約者を奪われて、学園を追放されてしまったのだ。

私はそんな運命を受け入れて、ガヴィーゼラ家からも飛び出した。

そうして行き着いたのは、最果ての田舎街ドムスカーザ。

そこで私は、小さな喫茶店――まったり喫茶店を始めた。

前世からの願いは叶って、私は念願のまったりライフを手に入れたのだ。

けれど、私を狙っていた悪魔ベルゼータの罠に堕《お》ちてしまい、魔力で汚《けが》されてしまった。

助けに駆け付けてくれた獣人傭兵団《ようへいだん》さん達のおかげで軽症で済んだものの、治療は必要。

城に仕える魔導師グレイティア様に治療魔法をかけてもらった。この治療が終わるまで七日はかかるみたい。

治療中は傾眠《けいみん》状態に陥《おちい》りやすく、意識もはっきりしないという。私を助けてくれた皆さんと食事をしている今だって、夢を見ているような心地だ。

「もう一度言うぞ、ローニャ」

話しかけられて、私ははっと我に返る。

「おかわりですか？　グレイ様」

「あ、いや、その……いただこう」

店のカウンター席の前に立った私を見てそう言い、グレイ様はすぐに目を伏せた。

グレイ様ことグレイティア様は、深い紫色の長髪を後頭部の高い位置で一つに束ねている、長身の男性だ。瞳は紫水晶のように美しく、目は綺麗なアーモンド型。フードつきの黒いローブには、位が高いことを示す装飾が多く施《ほどこ》されている。

私の兄と同学年の彼は、首席でサンクリザンテ学園を卒業。その魔法の腕を見込まれて、今は魔導師として城に仕えている。この国で一番の魔導師と言っても差し支えないだろう。

そんなグレイ様は私にとって良き先輩であり、魔法の師匠でもある。

空になったグレイ様のお皿を下げ、おかわりのビーフシチューを入れて再び彼の前に置いた。

「オレもおかわり！　店長！」

テーブル席にいるチセさんから、声が上がる。

彼は空になったお皿をカウンターまで持ってきてくれた。それを受け取っておかわりをよそう。ほどよく煮込まれたシチューの香りを嗅《か》ぎながら、お皿を彼に手渡す。

チセさんは、真っ青な髪と瞳を持つ大柄の男性で、頭には犬の耳がついている。厳密に言えば、それは狼の耳。おしりには真っ青で大きな尻尾もある。それらは狼の獣人族の特徴だ。彼はこの最果ての街を隣国の荒くれ者達から守っている、獣人傭兵団の一人。

チセさんがシチューの匂いを嗅《か》ぐと、もふもふした彼の尻尾が上機嫌に左右に振れた。

「ローニャ。さっきも話したが、悪魔の魔力で負の感情が増幅しないよう、治療魔法は負の感情が高まると強制的に眠りに落ちるよう作用する。君の場合、怒りや憎しみが高まることはないだろうが、悲しみや恐怖に対してもこの副作用は起きる。だから充分――」

「気を付けて休めってことだろー？　お嬢、うとうとしてるけど聞いてるって。オレ達だってさ。な？　ラクレイン」

グレイ様の言葉を遮《さえぎ》ったのは、彼の右隣に座るリュセさん。彼も獣人族の傭兵で、キラキラした純白の髪の間から生えているのは、黒い模様のついたチーターの耳。後ろでは、同じく純白の太くて長いチーターの尻尾が揺れている。モデルのようにスラッとした体形で、外見も王子様系のイケメンだ。

彼は私の真後ろに立つラクレインに、同意を求めるように視線を投げかけた。

ラクレインは人に近い姿に変身しているけれど、その正体は私と契約している幻獣《げんじゅう》だ。

一見、白くてふわふわした服に身を包んでいるように見えるが、よく見れば頭から伸びた真っ白な羽根が胸元を覆《おお》っているのだとわかる。両腕はとても大きな翼の形で、床に垂らした長い尾はライトグリーンからスカイブルーに艶《つや》めいている。

「もう眠ったらどうだ？」

ラクレインは私の瞳を覗き込んで口を開いた。

「ラクレインの言う通りだよ。片付けは僕らでやるから休みなよ、ローニャ。喫茶店はしばらく休店」

ラクレインの瞳をぽけーっと見つめていると、別の声が聞こえてきてそちらに顔を向ける。

声の主は、グレイ様の左側に座っているセナさん。緑の髪と瞳を持つジャッカルの獣人で、ピンと立った大きな耳と、もっふりとした尻尾が特徴。小柄で物静かな雰囲気の彼もまた、傭兵団の一人だ。

「でも……」

「ほら。二階に戻るぞ」

片付けをさせては申し訳ない。それに何より、まだここでまったりしていたい。

そう思うけれど、ラクレインの翼に身体を抱え上げられてしまう。こうなっては、逆らえる気がしなかった。

「えっと……では、お言葉に甘えて……」

「ああ、ゆっくり休め」

低い声を発するのは、チセさんの向かいに座っていたシゼさん。彼は黒い獅子の獣人で、チセさんと同じくらい大柄だ。

私は彼らに力なく微笑んで、うとうとしつつも頭を下げた。

するとカウンターの上で食事をしていた蓮華《れんげ》の妖精、ロト達が私のお腹に飛び乗ってくる。一緒についてきてくれるようだ。

ロトは二頭身で、頭の形はまるで蓮華《れんげ》の蕾《つぼみ》のよう。ぷっくりとした胴体からは、小さな手足が生えている。ライトグリーン色の肌をしていて、ペリドット色の瞳がつぶらで可愛らしい。触ると、マシュマロみたいにふわふわしている。

私は、ラクレインの操《あやつ》る風によって二階へと運ばれた。

二階の部屋の真ん中にあるのは、シングルベッド。窓際にはグリーンのソファーが一つと、その隣に机が置いてあるだけのシンプルな内装だ。

そこに立った私は、少しの間ぽけーと部屋を眺めた。

「どうした？　眠らないのか？」

「んー……」

寝る前にしないといけないことがあったはず。それがなんだったか考えようとするけれど、眠気が襲ってきて、立ったままなのに眠ってしまいそうになる。

そうだ、お風呂に入らなければ。

「お風呂に入ります」

私はラクレインにそう言って、小さなバスルームに入った。

バスタブにお湯をはり、ラベンダーの入浴剤を入れると、甘い香りが広がる。これを入れた湯に浸かると、肌がしっとりすべすべになるのだ。

リラックス効果のあるラベンダーの香りに、ますますうとうとしてしまう。そんな私を眠らせないように、バスタブの縁にいるロト達が一生懸命声をかけてくれる。そのおかげで、なんとかお風呂から上がって寝間着に着替えられた。

バスルームから出て、待っていたラクレインに風で髪を乾かしてもらう。心地いい温風が、私の白銀の長い髪を舞い上げていく。

その間、私は半分寝ていたようなものだったけれど、完全に乾くまでは枕に顔を埋めないように頑張る。そして、温風がやむとともにベッドに身を沈めて目を閉じた。

そのまま夢の中へ旅立とうとした時、下の階から話し声が聞こえてきた。はっきり聞き取れないけれど、何やら賑《にぎ》やかだ。つられて私も楽しい気分になってくる。クスクスと笑っていると、ラクレインの翼で頭を撫《な》でられた。ふわふわ。

そっと目を開けばそこにはロト達がいて、私をじっと見つめていた。

「こんな有様では、ロト達のお手伝いができませんね……」

私は精霊の森の主・オリフェドートと契約しているので、そこに棲む妖精達と協力関係にある。もちろんロト達とも互いに助け合う契約だ。いろいろと手助けしてもらう代わりに、彼らが世話をしている蓮華《れんげ》畑での仕事を手伝うことになっていた。

とはいえ、ここで暮らし始めてから、まだ一度しか手伝いを頼まれたことはない。喫茶店を開いたばかりだったので、私が新しい環境で落ち着くまで待っていてくれたみたい。

そういえば前にロト達の蓮華《れんげ》畑を手伝った時、少し困った出来事があったのよね……。

私はその時のことを思い出しながら、眠りに落ちていった。

2　永遠の片想い。

——ロト達のお手伝いをしたのは、少し前のこと。

その日も、いつもと同じように、お店の開店準備を手伝ってくれたロト達と一緒に、まったりと朝食を取っていた。

朝食は、アボカドを使ったメニュー。精霊の森で果物を育てているロト達が、とびっきり美味《おい》しいアボカドを持ってきてくれたのだ。

食べやすいように切ったアボカドを器に盛り付けて、甘いミルクをありったけ注《そそ》ぐ。アボカドは美容にもよく、甘くとろけて美味《おい》しい。

ロト達も満足げに笑みを浮かべている。一緒に作ったサラダも食べて、ご馳走様。お礼のケーキを渡してロト達を見送ったあと、私は店を開けた。

まったり喫茶店は、開店直後から慌ただしくなる。その日もあっという間に朝食とコーヒーを求めるお客さんで席が埋まった。

店の席は少ないけれど、大抵は「相席しましょう」とお客さん同士で声をかけ合ってくれる。仕事前にコーヒーだけを求めて立ち寄ってくれるお客さんもいるので、待たせないように急いで対応した。

「やっぱりローニャちゃんのコーヒーが一番だな。これなしでは仕事ができないよ」

この時間に多い男性のお客さん達は、よくそう言ってくれる。気に入ってもらえて何よりだ。

「ありがとうございます」

私はにっこりと笑ってお礼を言った。

九時を過ぎてブランチタイムになれば、女性のお客さんのほうが多くなる。彼女達のほとんどはケーキをご所望だ。

お店で食べるお客さんだけでなくテイクアウトのお客さんもたくさんいるので、忙しくて目が回るけれど、笑顔で美味《おい》しいと言ってもらえると苦にならない。お客さんは皆いい人ばかり。

やっとお客さんの出入りが落ち着き始めた頃、ケーキの予約注文をしてくれた常連さんが来た。金髪を百合《ゆり》の花の髪留めでまとめた少女は、サリーさん。そして彼女と仲良しのケイティーさんとレインさん。素敵な男性に見初《みそ》められたいと、婚活中の三人組だ。

今日は隣街で同年代の男性達とパーティーをするそうで、そのケーキを買いに来てくれたらしい。私も一緒に参加しないかと誘われたけれど、仕事を理由に断らせてもらった。

あらかじめ準備しておいたケーキを渡すと、三人は嬉しそうな声をあげてくれた。

「ローニャ店長さんのケーキがあれば大盛り上がりね！」

「これに店長さんのお茶もあれば完璧なんだけど」

サリーさんとレインさんの会話を聞いて、少し考える。

以前、別のお客さんからも、ケーキをテイクアウトしてもらった時に似たようなことを言われたことがあった。その時はそれぞれのケーキに合うお茶の種類を伝えたけれど、後日、やっぱり私が店で出しているお茶のほうがいいと言われた。

コーヒーもお茶もテイクアウトはできるものの、時間が経てば冷めて風味も落ちてしまう。また私が店で出しているのは精霊の森から仕入れた材料を使ったものなので、まったく同じものをお客さんが手に入れるのは難しい。

お客さんが家でも淹《い》れられるように茶葉を販売すればいいのだけれど、それならそのまま売るのではなく、もう一工夫したいところ。お店の外でも美味《おい》しく飲んでもらいたいもの。

よし。次の課題は、茶葉の販売にしましょう。

サリーさん達を見送った私は、お茶を淹《い》れてカウンター席に座った。酸味が少なく甘いラズベリーティー。ほっと息をついて、ティーカップの中を見つめる。

午前中に来るお客さんの中には、午後のおやつにケーキを買っていく人も少なくない。ほとんどのお客さん達は、獣人傭兵団が来る午後にはお店に入りたがらないから。

そんなお客さん達に、お店の外でも美味《おい》しくお茶を飲んでもらえる工夫をしなくては。

考え込んでいると、突然お店の中心に光の円が現れた。その中から「あいっあいっ」と声が聞こえてきて、ロト達が三列に並んで出てくる。足も手も動きがぴったりと合っていて、上手な行進だ。

「こんにちは」

愛らしいなと思わず笑みを零《こぼ》しながら、しゃがんで挨拶《あいさつ》をする。

ロト達は私の前でピタッと止まり笑みを返してくれたあと、周りをキョロキョロ見回した。それからちっちゃな両手を合わせて首を傾け、お願いのポーズを取る。

これは、蓮華《れんげ》畑のお世話を手伝ってほしいという意味だ。

毎日のように喫茶店を手伝ってくれる彼らのために、蓮華《れんげ》畑へ行くことに決めた。店の外には閉店の看板を出しておく。

「さて、どこの蓮華《れんげ》畑に行くのですか？」

精霊の森で暮らす彼らだけれど、森の外にあるあちこちの蓮華《れんげ》畑のお世話をしている。

しゃがんで尋ねると、ロト達はぴっと腕を一斉に東へ向けた。ここから東に行ったところに、一番近い蓮華《れんげ》畑があると思い出す。一番近いとはいえ、畑があるのは国外れだ。

私のドレスをよじ登ってきたロト達が、連れてってと言わんばかりに手を上下に振った。こくんと頷《うなず》いてから、ロト達を落とさないように慎重に立ち上がる。

カツン――踵《かかと》で床を叩き、魔力を込めて魔法陣を描く。そこからふっと白い光が溢《あふ》れ出て、私とロト達を包み込んだ。

次の瞬間、咲き誇る蓮華草《れんげそう》が視界いっぱいに映った。蓮華《れんげ》の花は赤紫に色づいて、丘の下から吹き上げてくる風に揺れている。舞い上がる花びらを追って見上げた空は、雲一つないスカイブルー。清々《すがすが》しい空気が気持ち良くて、私はゆっくりと深呼吸する。

すると、髪を結んでいた夜空色のリボンがほどけて、風にさらわれてしまった。リボンが飛んでいったほうを振り返れば、誰かがリボンを捕まえてくれる。

まさか人がいるとは思わなかった。私は驚きながら相手を見て、ますます驚いた。

「待っていたぞ、ローニャ」

金色の装飾が施《ほどこ》されたマントをまとった、美しい顔立ちの男性。耳の先は尖っていて、種族はエルフ族だとわかる。

大理石のような白い肌に、キリッとした印象の眉、藍色の瞳、淡い桜色の唇。煌《きら》めく白銀色の長髪は前髪ごとハーフアップにまとめられている。

星の輝きにも似た白銀や白金色の髪と藍色の瞳を持つ者は、エルフの中でも王族にしかいない。

彼はガラシア王国の王弟で、戦士としても名高いエルフだ。

「オルヴィアス様……お久しぶりです」

私は精一杯の笑顔を作って、挨拶《あいさつ》をする。決してわざとらしくならないように笑みを深めて、風に揺れる髪を片手で押さえた。

なぜなら私は——……彼が少々、苦手なのです。

オルヴィアス様とは、昔から面識があったものの、社交の場で挨拶《あいさつ》を交わすくらい。

私は彼について、ほとんど本を通して知った。

数々の戦いで勝利を収めて、歴史に名を残したエルフの戦士。

姉であり女王であるルナテオーラ様のために剣を振るい、エルフの国を守ってきた英雄。

そんな彼と話をするようになったきっかけは、この丘で何度かお会いしたことでした。

どうやらここは、オルヴィアス様が仕事の息抜きに来る場所でもあったらしい。

だから、彼とここで会うのは不思議ではない。

けれど彼は、私を待っていた、と口にしていた。一体どういう意味でしょう。

オルヴィアス様は私の目の前まで歩み寄ってきて、リボンを差し出してくれた。両手で受け取ると、その手をギュッと握られる。

「妖精ロト達よ。少し二人で話をさせてくれ」

オルヴィアス様は、足元のロト達に告げる。

人見知りのロト達も、エルフであるオルヴィアス様には臆することがない。コクリと頷《うなず》くと、蓮華草《れんげそう》の海に潜《もぐ》っていった。

「お話とは、なんでしょうか？」

貴族でなくなった私に話だなんて、どういう内容かまったく見当がつかないけれど、とりあえず笑みを保って尋ねてみる。

するとオルヴィアス様は、私の手を握ったまま片膝をついた。マントが蓮華草《れんげそう》の上にふわりとかかり、長い髪が風になびいて宝石のように輝く。

「どうなさったのですか？　オルヴィアス様」

「シュナイダーとの関係が終わったばかりで、まだ傷が癒《い》えていないことは重々承知している。だが、考えてもらいたい」

そう言って見上げてくる藍色の瞳は、星が瞬《またた》くように金色にちらちらと輝いて見える。

その瞳に熱が込められていると気付いた瞬間、オルヴィアス様は再び口を開いた。

「ここで初めて会った日から、惹かれていた。シュナイダーと婚約関係にあったから俺の気持ちは秘めておくつもりではあったが、そなたと生涯をともにする好機を逃すつもりはない。どうか、我が妻になってくれ」

誇り高きエルフの戦士から、結婚の申し出。

私は突然のことに言葉を失ってしまう。混乱して放心しかけてしまったけれど、早く答えなければとなんとか頭を働かせた。

私も膝をついて、オルヴィアス様と視線の高さを合わせる。そして、唇を震わせながら声を絞り出した。

「ご、ごめんなさい……オルヴィアス様」

ビクビクしつつも、はっきりと断る。

オルヴィアス様が目を見開くのを見て、私は視線を逸《そ》らしてしまった。

「……今すぐに答えろとは言っていない。真剣に考えてから答えを出してくれ。今は誰かと結ばれることなど考えられないかもしれないが」

オルヴィアス様が私のことを好いてくださっていたとは。アプローチされたことなんてなかったし、そもそも彼はこの丘で会った時もあまり話をせず、座って私とロト達を眺めるか、横になって休んでいるかのどちらかだった。

「身に余る光栄です」

「求婚に、身に余るも何もないだろう」

「いえ、私は王弟殿下のご子息に婚約破棄をされて、家を出た身です。私など、英雄であるオルヴィアス様にはふさわしくありません」

「己を過小評価するな。我が国は実力を重視する。どんな過去があっても、そなたの力は認められるだろう」

「私は貴族に戻るつもりは……」

「無理に戻れとは言わない。それよりも、なぜさっきから目を合わせないんだ！　この求婚を受け入れられない理由があるのなら、はっきり言ってくれ！」

私がもっともらしい理由を並べているだけだと気付いて、オルヴィアス様は問い詰めてきた。私はビクッと震えてしまう。はっきり言うなんて、できることなら避けたいけれど、こうなったら白状するしかない。

「わ、私は……オルヴィアス様が苦手なのですっ」

チラッとオルヴィアス様の様子を確かめてみると、面食らったような顔をしていた。申し訳なくなって私は再び目を伏せる。

「な……なぜ……?」

「……オルヴィアス様は、はっきりとものを言うお方です。間違いも欠点も、的確に指摘してくださいます。しかし、そこが……私の苦手な兄――ロバルトお兄様に似ているのです」

この丘での出会いを機に、オルヴィアス様からは何度か剣術の指導を受けたことがある。どことなくロバルトお兄様に似た彼の口調に、私は内心ビクビクしていた。もっとも、オルヴィアス様が私を嫌っているわけではないことはわかっている。それでも、苦手なのだ。

「……俺の言葉に、そなたは傷付いていたというのか……?」

そう言いながら、オルヴィアス様がパッと私の手を離す。

「も、申し訳ございません。オルヴィアス様は悪くないのです。……ただ、厳しい口調から、ロバルトお兄様を連想してしまいまして……」

頭ごなしに罵倒《ばとう》してくるだけのロバルトお兄様と違って、オルヴィアス様は私の努力を認めてくれた。口調が厳しいからといって、決して同じではない。それはわかっているつもりだ。

「人を罵《ののし》るロバルトお兄様と、誠心誠意向き合ってくださるオルヴィアス様の言葉は違います。けれども、私は……申し訳ありませんが、オルヴィアス様のことを異性として考えることはできません」

苦手な兄に似ているからだなんて、ひどすぎる断り方だ。だけどこれが私の正直な気持ちだった。視線を上げると、彼は傷付いたような顔で放心していた。

「オルヴィアス様……？」

やがて彼は眉間にシワを寄せ、痛ましい表情で俯《うつむ》いた。なんと声をかけていいかわからず見つめていたら、オルヴィアス様がポツリと呟《つぶや》く。

「……すまない、出直す」

オルヴィアス様は静かに立ち上がると私に背を向けて、丘を去っていった。その痛々しい後ろ姿を見送って、罪悪感に押し潰されそうになる。

兄に似ているから苦手だなんて、言うべきじゃなかった。でもオルヴィアス様に詰め寄られて、白状するしかないと思ってしまった。

その時、ロト達が戻ってきた。先頭にいるロトは、なぜか芋虫を抱えている。オルヴィアス様を捜してキョロキョロとあたりを見回すロトに、私は静かに告げた。

「オルヴィアス様はお帰りになられました」

そう言うと、「そっか」と相槌《あいづち》を打って、ロトは芋虫を自慢げに差し出してきた。私の人差し指よりも太い、緑色の芋虫だ。蝶《ちょう》の幼虫でしょう。

「ああ。この芋虫さんが千年芋虫さんに似ているって言いたかったのね」

この芋虫を連れてきた理由がわかって、私は噴き出してしまう。ロト達は嬉しそうにニコニコした。

オリフェドートの森には、千年芋虫と呼ばれる、それはそれは大きな芋虫さんがいる。馬車よりも大きく、茶色い身体にはところどころ苔《こけ》が生えていて、じっとしてたら倒れた大木にも見える。千年の間、芋虫の姿で過ごしたのちに蝶《ちょう》になるといわれており、今のところオリフェドートの森でしか生息が確認されていない貴重な存在だ。とても温厚で、綿毛の妖精フィーと仲が良く、彼らを乗せてよく森を散歩している。

そんな千年芋虫さんと蝶《ちょう》の幼虫は、つぶらな目と丸い口が似ていた。

「この子はそのうち、素敵な蝶《ちょう》になってここを舞うのでしょうね」

掌《てのひら》に載った芋虫を見つめながら言うと、ロトはまたそれを抱えた。

「さて、始めましょう」

この丘に来た目的は、ここの蓮華草《れんげそう》の手入れだ。髪をリボンで一つに束ね直してから作業を始める。

一輪一輪手に取って、傷がないことを丁寧に確認していく。問題があれば魔法で癒《いや》して、土が枯れていれば水を与える。

花の数は多いけれど、ロト達もたくさんいるのでそれほど時間はかからない。

しばらく作業を続けていると、一輪の蓮華草《れんげそう》に触れた私の手をロトが掴んだ。蓮華《れんげ》に触れようとしたところ、間違えて私の手を掴んでしまったみたい。ロトは、ポカンとこちらを見上げている。

「一緒に診ましょう」と笑いかければ、ロトは顔を綻《ほころ》ばせてコクンと頷《うなず》いた。

蓮華《れんげ》の花は、蝶《ちょう》が輪になってとまっているような形だ。白地に赤紫色が滲《にじ》むように色づいた花びらを軽く摘まむと、先まで瑞々《みずみず》しく潤《うるお》っている。葉や茎まで指先で撫《な》でながら確認し、根元の土が湿っていることを確かめる。問題なしだ。

一緒に確認したロトとにこりと笑い合って、次の蓮華草《れんげそう》に移る。

なんとなくオルヴィアス様が去ったほうに目を向けるけれど、もちろんそこにはもう彼はいない。

思えば、誰かからこんな風に想いを告白されるのは初めてのことだ。

あまりに驚いてお礼を言いそびれてしまったと気付き、私はため息を零《こぼ》した。

気持ちを切り替えようと、深呼吸を一つ。それからもう一度、蓮華草《れんげそう》に触れた。その時ふと、オルヴィアス様の姉であるルナテオーラ女王の顔が浮かんだ。

私が令嬢だった頃、ルナテオーラ様にはよくお茶会に呼んでいただいた。そういえば彼女は、好んで紅茶の中に花を入れていた。ガラシア王国の国花ピウスという、小さな白い花。星にも似た五枚の花びらが愛らしく、ベルガモットのような香りがして、蜜が濃厚なため紅茶に入れると甘みが増す。

紅茶に浮かぶ、小さな花――

いいアイデアが浮かんだと、私は口元を緩ませた。

丘の蓮華草《れんげそう》の手入れを済ませたら、店に戻ってさっそく取りかかってみよう。そう決めて、私は蓮華《れんげ》のお世話を進めていった。

店に戻った私は、いくつか小さな花を摘んできてくれないかと、オリフェドートの森で暮らす妖精にお願いした。

ルナテオーラ様がしていたように、お茶に花を浮かべて提供すれば素敵かもしれない――そう考えて、すぐに試作してみることにしたのだ。

花の到着を待っている間、ロト達に手伝ってもらってクッキーを焼きながら、持ち帰り用の茶葉の試作準備を進める。

やがて魔法陣が現れ、そこから妖精達が花を持ってやってきた。

「ニャーニャー！」

小さな蝶《ちょう》の妖精ピコロ達が、私の顔に飛びついてくる。

彼らはうまく人の言葉を発音できないので、私のことを「ニャーニャー」と呼ぶ。

しっとりした感触の彼らは、身長わずか五センチ。幼い子どもの姿をしていて、背中にはパステルカラーの小さな蝶《ちょう》の羽がついている。ピコロ達からはマカロンに似た甘い香りがするけれど、今日は花の香りもした。摘んできてくれた花の匂いだ。

ピコロ達に摘んできてもらった花はとっても小さくて、甘い蜜が出るもの。これらはお茶の風味を壊すことなく、甘みを足してくれる。そして飾り付けにもなるのだ。

「花をありがとうございます。お礼にクッキーを用意しているので、焼き上がったらぜひ食べてくださいね。シナモンのクッキーです」

遊ぶように私の髪に花を差し込んでいたピコロ達に、そう伝える。するとピコロ達は両手両足を広げて大喜びした。

さて、さっそくお茶の準備に入るとしましょう。

店で出しているお茶は、ローズティーとラベンダーティーとミルクティー。それ以外にも、ケーキに合わせて果物のお茶も用意している。

まずはローズティーで試してみることに。これには、オリフェドートの森の妖精に頼んで分けてもらった薔薇《ばら》の蕾《つぼみ》を使っている。私は保存の魔法をかけた瓶を手に取り、そこから薔薇《ばら》の蕾《つぼみ》を取り出した。

準備しておいたシートの上にそれを一つ置く。

「初歩的な保存魔法です」

興味津々《きょうみしんしん》で見つめてくるピコロ達に説明する。

植物で作られたこのシートには、中に包んだものの時を止める魔法がかけてあり、お湯に入れると簡単に溶ける。

薔薇《ばら》の蕾《つぼみ》の横に白い花を添えてシートで包み、ギュッと魔力で閉じ込めた。するとシートはカプセル状に変化し、花の入ったビー玉のようになる。

それをカップに入れてお湯を注《そそ》ぐ。するとカプセルが消えてお湯が赤く染まり、白い花が浮かんできた。

「んー……ローズティーには赤い花のほうがいいかしら」

他の花を選ぼうとしたら、ピコロ達がこれが合うと言わんばかりに赤い花を差し出してくれた。

それを受け取って、先ほどと同じようにシートにくるんでお湯を注《そそ》ぐ。それからも、ルナテオーラ様の紅茶を思い浮かべながら、いろいろと試してみた。

そうしているうちにクッキーが焼けたので、ロトとピコロに食べてもらう。私もお茶の味や香りを確認しながら、クッキーを一つ口に運ぶ。

やがて、それぞれのお茶に合う花が決まった。

赤いローズティーには、カップの底に堂々と咲くような、薔薇《ばら》に似た小さな赤い花を一つ。

淡い紫色のラベンダーティーには、星形の青い花を三つ。

茶色いミルクティーには、たんぽぽによく似た白い花を一つ。

ラベンダーティーとミルクティーは、飲む時に茶葉が邪魔にならないよう不織布に包んでからシートにくるんである。いわゆるティーバッグみたいなものだ。

満足のいく出来に、私は笑みを零《こぼ》す。手伝ってくれたロト達は、おめでとうと拍手してくれた。

ピコロ達はというと、クッキーを平らげたあとお皿の上で眠ってしまった。まるで遊び疲れた子ども達がお昼寝しているようだ。

起こすのは可哀想だし、どうしましょう。

私が考えていると、ロト達は「任せて」と胸を叩いてみせ、皆でお皿ごとピコロ達を運んでオリフェドートの森に帰っていった。

翌朝、お持ち帰り用のお茶のカプセルを三つ、半透明の袋に入れてラッピングした。

さっそくそれをお客さんにおすすめしてみる。

まずは店で実際にお湯を注《そそ》いで、試しに飲んでもらった。お客さん達には、いつも出している紅茶と味は変わらない上に、見た目が素敵だと好評だ。

「店長さん、てんさーい！　これ本当にかぁわぁいいー！」

細身で可憐な美少女——セリーナさんがはしゃいだ。

「ありがとうございます。セリーナさんも、お持ち帰り用をご準備しましょうか？」

「うん！　兄さんがまた、家で本に夢中になってるから、ケーキも一緒に持って帰ってあげようかな。ケーキはいつものチョコとタルトにして、お茶は、んー……ラベンダーティーをください！」

セリーナさんはうちの店の常連さんだけど、彼女と親しくしている人を見たことはない。店で顔見知りの人と会っても挨拶《あいさつ》を交わす程度。人付き合いが苦手なわけではなさそうなのに、親しくなることを避けている様子だ。

セリーナさんはいつも一人で来るので、彼女のお兄さんにも会ったことはない。よくセリーナさんが話してくれるので、どんな人なのか気になる。

「今度、ぜひお兄様も一緒に来てくださいね」

「あー……うん、誘ってみますー」

セリーナさんは少し視線を泳がせたあと、椅子から立ち上がった。

そんな彼女に、ラベンダーティーの袋を手渡す。その時、彼女の色白の肌に指先が触れて、魔力の気配を感じた。

魔法は、すべての人が使えるわけではない。魔力が充分にあり、使い方を学んだ者だけが使えるのだ。けれどセリーナさんには、それなりに魔力がありそう。彼女が魔法を学べば、そこそこの使い手になるかもしれない。

そんなことを考えながら、セリーナさんのお会計の対応をした。

その時、ドアの鐘がカランと鳴って、新たなお客さんが来たことを知らせる。

そちらに目を向けた瞬間、私は驚愕《きょうがく》に目を見開く。深い緑色のローブを羽織《はお》っているため旅人に見えるけれど――彼だ。

「オルヴィアス様……」

星のように輝く長い髪、尖った耳、金箔がちりばめられたような藍色の瞳。

エルフの英雄、オルヴィアス様。

大いに混乱して固まってしまった。なぜ、オルヴィアス様が来たのか。そもそも、どうしてここがわかったのか。

お客さんも全員がオルヴィアス様に注目していた。国境付近の最果ての街とはいえ、エルフは珍しい。

ただ、いくらなんでも顔を見ただけで、彼がオルヴィアス様だと気付く人はいないでしょう。……本をよく読むセナさんなら気が付くかもしれないけれど。

「いらっしゃいませ」

私は動揺を抑え込んで、挨拶《あいさつ》をする。

オルヴィアス様は、ここが私の店だと知っていて来たらしく、平然とした様子で入ってきてカウンター席に座った。そこは先ほどまでセリーナさんが座っていた席だったので、オルヴィアス様の横から手を伸ばしてテーブルを拭《ふ》く。

たったそれだけのことなのに、妙に緊張した。

「おすすめはなんだ？」

「今日のおすすめは、こちらのお茶です。茶葉をお持ち帰りしていただけるよう作った新作で、目でも楽しめるように工夫してあります」

試しに淹《い》れてあったものを、オルヴィアス様に見てもらう。その様子を、他のお客さん達が凝視していた。

「当店では他にも、ケーキに合うお飲みものをご用意しております。ケーキはこちらのメニューをご覧ください」

「……そなたが、俺にすすめたいケーキと飲みものを頼む」

「えっ」

藍色の瞳が私を見上げた。

オルヴィアス様のお好みなんて想像がつかない。そもそも甘いものがお好きなのかどうかさえ知らないから、すすめたいものと言われても困ってしまう。

「……私としては、深いコクがあるコーヒーを一度飲んでいただきたいです」

私の一番の自信作といえば、コーヒーだ。オルヴィアス様のお口に合うかはわからないけれど、一度試していただきたい。

「チョコレートケーキと一緒に、いかがですか？」

ダークチョコレートでコーティングした濃厚なケーキで、コーヒーとよく合うのだと説明する。

「ではそれをもらおう」

「はい。すぐお持ちいたします」

そう言ってキッチンに戻ろうとしたら、後ろに立っていたセリーナさんと目が合った。

彼女ははっと我に返って、そそくさと店をあとにする。

ご来店、ありがとうございました。

セリーナさんの背中に一礼してキッチンに入り、すぐにコーヒーを淹《い》れる。カットしたチョコレートケーキをお皿に盛り付け、コーヒーと一緒にオルヴィアス様の前に置いた。

「いい香りだ……」

「ありがとうございます」

コーヒーの香りを楽しんでくれるオルヴィアス様を、カウンター越しに見る。

お客さん達の目は、まだオルヴィアス様に釘付けだ。けれど誰も彼に話しかけようとはしない。それどころか、エルフの美しさに圧倒されたように息を潜《ひそ》めている。

そんな中、オルヴィアス様はとても静かに、ゆっくりと味わってチョコレートケーキを食べていく。

お店の中は静まり返り、お客さんは一人また一人と席を立つ。そうしてとうとう、オルヴィアス様一人だけになってしまった。

「すまない。営業の邪魔になってしまったようだな。……目立たないようにしたのだが」

「いえ、オルヴィアス様に謝っていただくことではありません。この街の人は皆さんフレンドリーなのですが……」

オルヴィアス様は、充分気を遣ってくれている。

「あの、それで……」

二人きりになったので、疑問を口にしようとした。でも何から聞こう。ここに来た理由？　この店を知っていた理由？

「オルヴィアス様は、どうして私がここにいることをご存じだったのですか？」

「しばらく前、この街を覆《おお》うほどの結界の魔法を使っただろう。その時俺はあの蓮華草《れんげそう》の丘にいて、そなたの魔力だと気付いた」

あの魔法か、と私は苦笑いしそうになるのを堪《こら》えた。

以前、このドムスカーザの街を盗賊の魔法攻撃が襲った。その時私は結界魔法で街を守って被害を最小限にとどめ、獣人傭兵団が盗賊を追い払ったのだ。

「そなたの無事を確認しに一度この街に来て、喫茶店をやっていると知った。だが、どうしてもあの丘で想いを打ち明けたかったので、声はかけずにあそこで待っていたのだ」

オルヴィアス様がここに来た理由はきっと——求婚の件。そう予想して、私はごくりと唾を呑み込んだ。

「……随分《ずいぶん》と待ったがな。もうあそこには来ないのかと、少し不安に思っていた」

「あ、それはおそらく……ロト達が気を遣ってくれていたからです。私が新しい生活に慣れるまで、手伝ってほしいと言わないようにしてくれていたようで――」

学園に通っていた時も、ロト達はまず私が忙しくしていないかを確認してくれていた。

「申し訳ありません、お待たせしてしまって」

「い、いや……そなたが謝ることではない。俺が勝手に待っていたんだ……」

オルヴィアス様は俯《うつむ》いて口ごもってしまう。それから言葉を選ぶように、再び口を開いた。

「……ラベンダーティーを頼む」

「はい」

見ると、コーヒーが入っていたカップは空になっている。

すぐにラベンダーティーを用意して、空になったカップと交換した。

ラベンダーティーに浮かぶ青い星形の花を見つめ、オルヴィアス様が口元を緩める。

「姉上が気に入りそうだ……」

「実はルナテオーラ様が紅茶に花を浮かべていたことを思い出して、それをヒントに作ってみたのです」

「……なるほど。いつまでもカップの中を見つめていたくなる。素晴らしい」

「ありがとうございます」

　オルヴィアス様に褒《ほ》められて、嬉しくなる。

「あ、よろしければ、ルナテオーラ様にお一つどうですか？」

「いや……姉上にはまだ……」

　オルヴィアス様は、迷うようにそう言って口を閉じた。

　気軽におすすめしてしまったが、さすがに女王様には持っていけないかと申し訳なくなる。そんなことを考えていると、オルヴィアス様は、真剣な面差しで口を開いた。

「……身を隠したいのならば、大きな魔法を使うべきではない。迂闊《うかつ》だぞ。もしあの時付近に悪魔がうろついていたら、そなたは見つかっている。それに、そなたの兄は追跡に長《た》けている。こういった喫茶店の品が彼の手に渡れば、そなたの作ったものだと気付き、あっという間にここに辿り着いてしまうだろう」

　オルヴィアス様は淡々と私の迂闊《うかつ》さを指摘した。

　ロバルトお兄様は道具に込められたわずかな魔力からでさえ、持ち主を特定することができる。

　ロバルトお兄様がこんな最果ての街のお茶を手にするなんてことは絶対にないと思うけれど、想像するだけで血の気が引いて、身震いしてしまう。

「っ！　すまない。またそなたを傷付けるようなことを言ってしまったのか？」

「いえ！　お兄様に見つかった時を想像してしまっただけです」

オルヴィアス様に言われて、私は慌てて説明した。

「あの、私のほうこそ、昨日はオルヴィアス様を傷付けてしまい、申し訳ありません……」

申し訳なさから目を伏せた私に、オルヴィアス様は優しく声をかけてくれる。

「……次の客が来るまで、座って話を聞いてくれないか？」

入口のドアを気にしながら、オルヴィアス様は私に隣に座るよう促《うなが》した。心配しなくとも、もうすぐお昼になるので、新しいお客さんは来ないだろう。

私は頷《うなず》いて、隣の椅子に腰を下ろし、彼のほうを見た。オルヴィアス様は再び話し始める。

「そなたが正直に話してくれてよかった。想い人を傷付ける言葉を吐くような男のままではいたくはない。誰に対しても……罵倒《ばとう》しないよう努力する。直す」

オルヴィアス様は真剣な瞳で私を見つめて告げた。

「昨日は急に求婚して、驚かせてしまっただろう。……そなたを目にした瞬間、想いが溢《あふ》れて堪《こら》え切れなかったのだ」

「あ……ありがとうございます、オルヴィアス様」

甘い言葉に思わず惚《ほう》けそうになりながら、私は言いそびれていたお礼を伝える。

すると彼は私の右手を取って言葉を続けた。

「そなたと過ごした時間はわずかだったが、幸福と安らぎに満ちていた。穏やかに輝く、光の花のような人。瞼《まぶた》を閉じてそなたを思い浮かべるだけで、この胸が高鳴る。俺が愛する唯一の人」

熱い眼差《まなざ》しが、私の手に注《そそ》がれた。そうやって見つめられるだけで、肌から熱が伝わってくるように感じる。

「変わってみせる。生涯連れ添う相手として見てもらえるまで努力する。だから、もう一度考えてほしい。時間がかかっても、俺は諦めない。俺がそなたを幸せにしてみせる」

オルヴィアス様が顔を上げると、藍色の瞳が見える。

「オルヴィアス様……」

なんと言葉をかけていいかわからない。

オルヴィアス様が変わったからといって、私の気持ちが変わる保証はできないし、また彼を傷付けてしまうかもしれない。

そう思って戸惑っていると、オルヴィアス様は口の端を吊り上げて、ちょっぴり不敵な笑みを浮かべた。

「そなたへの想いを認めた時に、永遠に片想いをする覚悟はできている」

オルヴィアス様の藍色の瞳が、きらりと瞬《またた》いた気がする。

彼は離れがたそうに私の指先に触れて、そっと手を離した。

「よい時間をありがとう、ローニャ。また来る」

不思議な輝きを放つ長い髪をなびかせて、オルヴィアス様はローブからお金を取り出してカウンターに置き、白いドアを開けて帰っていく。

じんわりと熱を帯びた頬を押さえた私は、椅子から立ち上がることさえできなかった。

第2章 ❖ もふもふ。

1 まったり療養。

目を覚ますと、私はベッドの中でラクレインの翼に包まれていた。気持ちが良い。

「起きたか。昨日から一向に目覚めず、心配していたところだ」

「ん……？」

まだ眠いけれど、ラクレインの言葉に耳を傾ける。

「もう昼になったぞ」

「……そんなに？」

長く眠っていたらしい。でも、まだ眠っていたい。

「オルヴィアスの名前を口にしていたが……奴の夢を見ていたのか？」

「オルヴィアス様？」

私は眠気たっぷりの声を出してしまう。

「まぁいい。下でシゼが待っているぞ。何か食べておけ。我も食事をして森で休む。何かあれば呼ぶがいい」

ラクレインは、私を起き上がらせる。

そうね、何か食べなくちゃ。いそいそと身支度していると、ラクレインは私の耳に羽根を挟んで颯爽《さっそう》と帰っていった。

この羽根は、幻獣を瞬時に呼び出せるアイテムだ。

オフホワイトのレースをたくさんあしらった空色のドレスを着て、もらった羽根はピンでしっかり髪に留めた。

ふわふわした足取りで一階に下りようとすれば、階段のところに男の人がいた。人間の姿を取ったシゼさんだ。

彼は琥珀《こはく》色の瞳で私を見上げ、無言で手を差し出してくれる。その手に支えられながらゆっくりと一階に下りていく。

「あら……このサンドイッチは一体誰が作ったのですか？」

カウンターテーブルの上に、作った覚えのないサンドイッチがあった。レタスとベーコン、スクランブルエッグが挟んである。テーブルの端には、何やら酒瓶のようなものまで置いてあった。

「オレだ。食え」

「え？　シゼさんが作ってくださったんですか？」

「これくらい作れる」

「わぁ……嬉しいです、シゼさんのサンド。ふふ」

口元を押さえながら笑って椅子に座り、いただきますと手を合わせた。そしてサンドイッチをゆっくり噛んで味わう。美味《おい》しい。

「他の皆さんは？」

「仕事に行った。今日はオレがつきっきりで警護する」

「警護？」

私が首を傾げると、いつもの席に座ったシゼさんは静かに答えた。

「悪魔は魔導師が来る前に逃げた」

警護とは、悪魔が再び現れた時に備えて、ということらしい。

ともあれ、こんな状態ではお店を営業できないと、閉店の看板を出すために入口のドアを開ける。けれどそれはすでにドアにかけてあった。

いろいろと皆さんに手伝ってもらってしまい、申し訳なくなる。何かお礼ができないかと考えながら時計を見ると、もう二時を回っていた。甘いものが食べたくなってきて、いい案が浮かぶ。

「シゼさん、ケーキを作ろうと思うのですが、いかがですか？」

「……休んだらどうなんだ」

「私が食べたいんです。ほら、三時のおやつにチョコレートケーキ」

シゼさんはしぶしぶといった様子で許可してくれたので、さっそく取りかかった。

二層のチョコレートケーキをビターチョコレートでコーティングしていく。

この国の子守唄を歌いながら作業していると、あっという間に一ホール完成。

それを切り分けて、シゼさんと向かい合って食べた。濃厚なチョコケーキは、我ながら上出来だと思う。ニコニコしている私の前で、シゼさんは黙々とそれを食べていった。

二つめを食べようとしたけれど、お腹周りがきついと感じて手を止める。いつも通りのコルセットの締め方なのに……

「はっ！　太ったのかしら……」

思わず、ポロッと口に出してしまう。

いつも、ついつい残りもののケーキを食べてしまうし、味見もよくするし、それなのに運動量は以前と比べて減ってしまった。学園にいた頃は授業で剣術や魔法を使った戦闘の練習をしていたけれど、最近した運動といったら悪魔から走って逃げたことくらい。

これはまずい。

「運動しなくちゃ……」

「……オレとするか？　剣で」

シゼさんが提案してくれたけれど、腕力の強い獣人であるシゼさんと手合わせすると、私が飛んでいってしまいそうだ。

「……剣はやめておきます」

「なら、散歩でもするか？　精霊の森なら安全だろう。ちょうどオリフェドートに酒をやろうと思って持ってきている。森を散歩して、陽が暮れたら飲もう」

「それはいいですね。んーでも……」

テーブルの端っこに酒瓶らしきものがあると思ったら、そういうことだったのか。オリフェドートが喜ぶと思う。

でも運動はもう少し手軽にできるものにしたい。

何かないかしら。うーんと唸《うな》りながら考えて、思いついた。

立ち上がってシゼさんの隣に立ち、手を差し出す。

「私と踊ってください、シゼさん」

久しぶりにダンスがしたい。一緒に踊りましょう。

2　絆《きずな》。＊シゼ＊

オレは今日一日、魔法治療の副作用で気が緩み切っているローニャの警護をすることになった。

昼すぎに起きてきてから、ローニャは終始ニコニコしていた。心が穏やかである証拠なのだろう。

サンドイッチを作っただけで、はしゃいだような笑みになる。無邪気な少女そのものだ。こんなに無防備なくせに、よく一人で最果ての街で暮らすと決めたものだ。いくら自立していて、強力な魔法を扱えても、当人がこれではこちらは気が抜けない。

悪魔に狙われているというにもかかわらず、警戒した素振りも見せずにケーキを作ったり、挙句の果てには一緒に踊りたいなどと言い始めた。

オレは少し間を空けてから断る。

「踊りなんて知らないぞ」

昔世話をしていた子どもにせがまれたことはあったが、オレは踊り方など知らない。

「簡単ですよ。お相手お願いします」

ローニャはオレの言うことも聞かずに手を掴んだ。仕方なく腰を上げる。

「左手は私の手を握って、右手は私の腰に当てるんです」

そう言いながらオレの手を移動させて、ローニャが向かいに立つ。腰に手を当ててしまえば、身体が触れそうなほど近い。

「こうして、こうやって、ステップするだけです」

ローニャの言う通りに足を動かす。確かに簡単だが、これで踊っていることになっているのか。

「そうです、お上手ですね。踊れるじゃないですか」

ローニャは変わらずニコニコしている。そうして二人、店の真ん中でステップを繰り返して踊った。足元を見ていたローニャがふと顔を上げ、オレと目を合わせて微笑む。

楽しそうだ。それを見て、もう少しだけ付き合ってやろうと思った。

ローニャの微笑みは美しい。青い目を細めて頬を緩める、大人の女の表情。八歳も年下の娘が、美しい女に見える。

時折見せるその顔に、オレは見惚《みと》れた。

ローニャがオレと手を繋いだまま離れてくるりと回ると、空色のドレスの裾が舞い上がる。そうしてまた、くるりと回ってオレの胸に飛び込んできた。

どちらからともなくステップを踏むのをやめ、お互いに見つめ合う。

「楽しいですね」

無邪気な子どものように声を弾《はず》ませ、ローニャは笑みを浮かべた。先ほどとは違う綻み切った笑み。

こうした表情をしている時は子ども扱いしたくなるが、そうでない時はゆっくり時間をかけて口説きたくなる。特別な女。

おそらく、ローニャ以上にいい女はいないだろう。ローニャを傷付けたバカな男とは違い、オレは彼女をこのまま放っておくつもりはない。ただ、ローニャは今、恋愛するつもりがないと言っていた。けれど傷を癒《いや》した時には……

「ローニャ。コーヒー」

「あ、はい。今淹《い》れますのでお待ちください」

ローニャはぱっと手を離してキッチンに向かった。オレはいつもの席に座って、コーヒーを待つ。

この心地いい居場所は、今となってはかけがえのないものだ。オレ達にとって、必要不可欠な場所だと言える。

ローニャはオレ達を怖がりもせずに、店に受け入れてくれた。それだけでなく、精霊や幻獣との新しい絆《きずな》も与えてくれた。

それに、ここで過ごす時間が増えるにつれて、ローニャとの絆《きずな》も深くなっていく。

「お待たせしました」

ローニャがコーヒーをテーブルに置こうとした時、カランと音がしてドアが開いた。

それから、コーヒーカップが床に落ちる音が響き渡る。

彼女がカップを落とすなど、珍しい。驚いてローニャの顔を見れば、彼女は青ざめて立ち尽くしていた。その視線の先には――

「こんな最果ての街で呑気《のんき》に喫茶店だと？　愚《おろ》かな妹め」

白銀の短い髪に、青い瞳の男が入ってくる。ローニャによく似ている容姿から、彼女の身内だと理解した。だが、その男の眼差《まなざ》しはローニャとは似ても似つかないほど鋭く、彼女をまっすぐ射抜く。

高価に見えるローブが、男の身分の高さを物語っている。その男を、ローニャは震える声で呼んだ。

「お、お兄様」

兄との再会にしては、ローニャは怯《おび》えている。こんな姿、初めて見た。足元に落ちたカップに意識を向けることもなく、彼女は後退《あとずさ》りしていく。

「よくも家の名に傷を付けてくれたな、この面汚《つらよご》しめ！　その上謝罪もなしに逃亡する卑怯者ときたか！　どこまでお前は愚《おろ》かなんだ！　昔から努力をせずに怠《なま》けてばかり！」

「わ、私は努力をしましたっ」

「足りないと言っているんだ！　口答えするな!!」

「っ！」

いきなり現れて怒鳴る兄に、ローニャは震え上がって壁に身を寄せる。

「この親不孝者め!!　反発ばかりして失望させたばかりか、家の名に泥を塗って逃げるなんて、お前はクズで最低だ!!」

「わ、私はっ」

「黙れ!!　才能があるのに活かしもしない、好機があっても逃した！　努力が足りなかったから、男にも逃げられたんだろう！　とんだバカだ!!　悪魔にも襲われたそうじゃないか！　それもこれも、怠《なま》けてばかりいるからだ、この愚《おろ》か者!!」

ローニャがふらりと傾くのを見てとっさに駆け寄り、倒れる前に受け止めた。

腕の中のローニャは意識がなかった。彼女にかけられている治療魔法によって、強制的に眠らされたようだ。そんなローニャに、兄が触れる。

「……チッ。グレイティアめ」

触れただけで魔導師グレイティアの魔力を感知したのか、彼は舌打ちをした。それから オレを一瞥《いちべつ》し、気絶した妹をまた罵《ののし》る。

「新しい男か……男の支えがなければ生きていけないのか……どこまでもバカな妹だ」

そうして兄は妹を心配する素振りもなく、店から去っていった。

家族の問題に首を突っ込むべきではないと思ったが、仲裁すべきだったと反省する。

ローニャにとって、相当苦痛だっただろう。

今のやり取りだけで、ローニャがどんな家庭で育ったのか容易に想像がつく。功績を評価してもらえず過剰な要求をされ続けて、ローニャは逃げてきたのだろう。

「ローニャ。おい、ローニャ」

そっと身体を揺するが、彼女は起きない。この様子だと、当分目覚めないだろう。ベッドに運んでやるしかないと、抱え上げる。

その時ふと、ある考えが頭をよぎった。

ローニャは精霊に向かって言っていた。兄に見つかった時は、精霊の森に移り住む、と。

ローニャに、ここを離れてほしくない。

身勝手だが、精霊達に兄がやってきたことを知られないように、ローニャを自分達の家に運ぶことにした。

そこでちょうどよく、妖精ロト達が現れた。ローニャの顔を見に来たのだろう。ロト達はローニャを抱えたオレをぽけっと見上げている。

人間の姿では、オレが誰か認識できないらしい。そう察して、獣人の姿に変化してやった。

「今夜はオレの家で預かるとラクレインに伝えてくれ。それと、ここの掃除も頼んだ」

「あいっ！」

敬礼して返事したロト達にあとを任せ、ローニャを抱えて陽が暮れた街を歩く。

やがて街の少し外れた場所にある古びた屋敷が見えてきた。街の住人はまず近寄らない場所だ。

十三年前、持ち主がいなくなったこの屋敷を買い取って家にしたが、使っている部屋以外は手入れをしていないので、客室としてすぐに用意できる部屋はない。

一番片付いていそうな部屋に寝かせてやろうと、セナの弟であるセスの部屋へ向かう。

「セス」

扉の前で呼んでみるが、返事がない。どこをほっつき歩いているのか。

ローニャを見下ろして、少し考える。結局、オレの部屋に寝かせてやることにした。

オレが使っているのは、この屋敷にある居室で一番広い部屋だ。けれど古い家具と、ベッド代わりにしている大きなクッションしかない。そのクッションにローニャを下ろす。彼女は寝息を立てていて、ちっとも起きそうにない。

「ふわふわ……」

かと思いきや、寝言を言いながらオレの首に手を伸ばしてきた。首に回された腕が、オレを引き寄せる。

ローニャはオレの鬣《たてがみ》に顔を埋め、すりすりと頬ずりまでしてくる。……気持ちが良い。ローニャにがっしりとしがみ付かれて、立ち上がるのが面倒になり、オレも彼女と一緒に横になる。……離したくなかったという理由もあるが。

「もふ……んー」

鼻を首筋にすり寄せると、ローニャはまた頬ずりをしてきた。オレの鬣《たてがみ》を気に入ったらしい。初めて会った時から思っていたが、彼女は動物好きなのだろう。

息を吸い込めば、甘いラベンダーの香りがした。肌を舐《な》めると甘い味がしそうだが、我慢する。

こっちは食べてしまいたいというのに、ローニャは無防備に眠っている。だが、心地いい。オレも眠くなってきた。たまにはいいかと、ローニャの首の下に腕を通してオレも眠ることにした。

頭を撫《な》でて、髪の柔らかさを味わう。その髪からもラベンダーの香りがして、余計に眠たくなった。

目覚めたら、彼女はどんな反応をするだろうか。少し楽しみだ。

額に一つ口付けを落とすと、くすぐったかったのかわずかに顔をしかめ、また静かに寝息を立て始める。そんなローニャをそっと抱きしめた。

この絆《きずな》を手放す気はない。だが、ローニャがもしも離れようとするのなら、オレが引き留めてみせる。逃がさない。

「んー……」

ローニャがもぞもぞと動き始めた。かと思いきや、ちゅっとオレの頬にキスをする。

何か夢でも見ているのか、またニコニコと笑みを浮かべた。

オレの鬣《たてがみ》を握ったまま離さないローニャの顎《あご》を掴み、衝動的に唇を近付けた。けれど寸前でやめて、耳元で甘く囁《ささや》く。

「――覚悟しろよ」

身じろぎするローニャを再び抱きしめ、その温《ぬく》もりと匂いを堪能《たんのう》しながら眠りに落ちていった。

＊
❖
＊

シゼがローニャを彼らの家に連れて帰った、翌日の朝。ドムスカーザの街の人々は、まったり喫茶店を遠目に見ながら噂話をしていた。

「誰かローニャちゃんが帰ったのを見たかい？」

「いいや見ていない」

「隣街の喫茶店のオーナーが悪魔に惑わされて、その被害に遭《あ》ったと思ったら、今度は獣人傭兵団の頭にさらわれて……災難だな。あんないい子なのに」

「悪魔は不運ばかりをもたらすらしいじゃないか、可哀想に」

「隣街の喫茶店は木《こ》っ端《ぱ》微塵《みじん》にされたとか」

「おお怖い……とてもじゃないが助けられないな」

「助けてやりたいが、俺達じゃ敵《かな》わねーしな……領主様に頼んでみるか？」

「それがいい。街一番のいい子のローニャちゃんが、獣人傭兵団にさらわれたってな！」

そんな彼らの話を耳にした一人の男が、喫茶店に向かっていた足を止める。

「その話……詳しく聞かせてもらえないだろうか？」

3　獣人傭兵団の家。

ふわふわとして気持ち良い。雲でも抱きしめているみたいだ。

なんだか悪い夢を見た気がするけれど、心地よくって心が穏やかになる。

そっと目を開くと、視界は真っ黒だった。真っ黒でふわふわってなんだろう。疑問に思いながらも、心地よいふわふわに顔を埋める。頬がふんわり包まれて温かい。もふもふ。

ふいに、深く吐かれた息が私の首筋にかかる。少し離れて見てみれば、私が抱きしめていたのは純黒《じゅんこく》の獅子だとわかった。ゴロロと喉を鳴らして気持ち良さそうに寝ているシゼさん。

なんだ、シゼさんと添い寝している夢か。

そう納得した私は、もう一度彼を抱きしめ、ふわふわの毛に顔を埋めて目を閉じる。念願だったシゼさんの鬣《たてがみ》に触れるどころか、それを枕代わりにする夢なんて、素敵。

ふわふわもふもふ。

そう思っていたけれど、もう一度息が首筋にかかった。そのリアルな生温かさに、はっきりと目が覚める。

あれ……？　夢じゃない？

そっと起き上がってみると、私はふかふかの大きなクッションの上で寝ていたらしい。漆黒のふかふかクッション。とても寝心地がよかった。

あたりを見回すと、どこかのお屋敷の一室といった感じの広々とした部屋だ。壁際には家具がいくつか並んでいて、古そうな黒いカーテンが陽射しを遮《さえぎ》っている。おそらくここは、シゼさん達の家だろう。

私が着ているドレスは、昨日と同じもの。これを着て、シゼさんと過ごしたところまでは覚えている。サンドイッチを食べて、ケーキを作って食べて、ダンスを踊って……

兄に見つかった。兄に居場所を知られた。

これ以上は思い出したくないと、顔を両手で覆《おお》って蹲《うずくま》る。同時に強烈な眠気にも襲われて、落ち着こうと心がけた。

兄との記憶が曖昧《あいまい》なのは、グレイティア様の治療魔法の効力のせい。負の感情を増幅させないための処置だ。

けれど口答えを許されず、ただ罵倒《ばとう》されたことは覚えている。怖かった。私の言葉を一切聞いてもらえずに責められていると、自分がすべて間違っているような気がしてしまいそうだった。

こんな時、真っ先に励ましてくれたのは、シュナイダーだった。けれど彼はもういない。それに、今の私は自分で立ち直れる。私には、ちゃんと努力を認めてくれる人達がいるのだから。

もう一度横たわってぼんやりとシゼさんを見つめていると、しばらくして瞼《まぶた》が開き琥《こ》珀《はく》色の瞳が覗いた。シゼさんの手が伸びてきて、包むように私の頭を撫《な》でる。大きな手は温かくて、ふっくらした毛並みと肉球の膨らみが、まるでご褒美を与えてくれているよう。その感触に、じんわりと頬が熱くなる。

「ボス！　セナが朝の見回りに行こうって……」

いきなり扉が開かれて、私は飛び起きた。入ってきたのは、なぜか上半身裸の純白のチーター、リュセさん。

この状況をどう説明すればよいでしょう……

ピンと立っていたリュセさんの尻尾が、パタリと落ちる。

「あの、これにはわけが……」

私にもわからないけれど、きっと何かわけがあるはず。

「な、何してんだよ!!　シゼ!!」

リュセさんは大声を上げて駆け寄ってきたかと思えば、私を抱え上げてシゼさんから引き離した。

シゼさんは眠たそうな、鬱陶《うっとう》しそうな眼差《まなざ》しをリュセさんに向ける。

「お嬢のこと食ったのかよ⁉　ふざけんな、シゼ‼」

リュセさんが私を抱えたまま怒鳴るから、耳にキーンと響く。

そんなリュセさんの顔に、枕が激突した。

「うるせぇ……店にローニャの兄貴が来て、ローニャが気絶したから連れ帰っただけだ。そのあとしがみ付いて離れなかったから、そのまま寝た」

シゼさんはそう答えると、大欠伸《おおあくび》をする。立派な牙《きば》が見えた。

「なんだ……そっか。お嬢、ようこそ我が家へ」

落ち着きを取り戻したリュセさんは、私を抱えたままにんまりと歓迎の笑みを浮かべる。

獣人傭兵団の住む家は、街の外れにあると聞いた。つまりシゼさんは、私をここまでわざわざ運んでくれたということ。そこまでしなくても、ラクレインに任せればよかったはずだけれど……。

「兄のこと……ラクレイン達には言いましたか？」

「……いいや」

「そうですか。では、彼らにはこのまま伏せておいてください。お願いします」

「……ああ」

ラクレインが知らないなら、そのほうが都合がいい。もし知ったら、ロバルトお兄様を襲撃してしまいかねないもの。

「ありがとうございます、シゼさん。でも、どうしてここまでしてくださるのですか？」

疑問に思って問う。昨日は考えもしなかったけれど、どうして警護までしてくれていたのだろうか。

「わからないのか？」

シゼさんは珍しく驚いたように言った。

「……はい」

「……わかるまでここに滞在しろ」

「え？」

「リュセ、もう少し寝る。軽く案内してやれ」

シゼさんは怒ったように告げ、寝返りを打って背を向けてしまう。

「はーい」と返事をするリュセさんに引っ張られて、私はシゼさんの部屋をあとにした。

すると部屋を出たところで、人間の姿のセナさんとばったり遭遇。セナさんは私を見て、当然驚いた表情をした。

私の手を握る上半身裸のリュセさんを見て、それからシゼさんの部屋を見る。

「……詳しくは聞かないけれど、結婚しなよ」

「えっ……えっと、違うんです！」

何を想像したのか、セナさんはいろいろ話をすっ飛ばして結婚をすすめてくる。

誤解なので、詳しく聞いてください。

「あっれー‼」

そこに聞こえてきた高い声。

「ローニャ店長、なんでいるの⁉　やだ、ボスにお持ち帰りされちゃったの⁉」

廊下の先から駆けてきたのは、なんとお店の常連セリーナさんだった。

「セリーナさん、なぜここに……？」

「セリーナ？　なんじゃやそりゃ」

リュセさんが顔をしかめて、セリーナさんの頭を鷲掴《わしづか》みにした。

「セリーナってなんだよ、おい」

「わわっ、僕の偽名だよ、やめてよぉ！」

嫌がってリュセさんの手を振り払うセリーナさん。いや、セリーナさんはセリーナさんじゃないらしい。

横でセナさんがため息をついて肩をすくめた。

「ローニャ。紹介するよ、僕の弟のセスだ。こう見えて弟のセス」

「なんで二回言うの⁉」

ギョッとしているセリーナさん、改めセスさん。セナさんと見比べてみると、確かに似ていた。

「気が付きませんでした。では、いつもお話しされていたお兄様とは、セナさんのことでしたか」

セスさんがいつもお土産を買って帰る、本好きの優しいお兄様。こうして改めて考えると、なるほど確かにセナさんのことだ。

「ごめんね、店長。僕は基本、街で買い出ししてるから、偽名を使ってるんだよね。情報収集もできるし、いろいろ都合がいいから獣人だってことも伏せてるんだ」

そういう事情ならば、納得だ。人目を気にすることなく自由に街を歩き回れて、情報を得る役割が傭兵団の皆さんには必要だったのでしょう。

「では、女装もそういう理由で？」

「ううん。これは似合うから好きなの！」

セスさんはそう言って胸を張ってみせた。

今日の服装は、黄色い花柄のブラウスとベスト。ブラウスの袖にはひらひらのフリルがついていて、お決まりのショートパンツとロングブーツを履いている。

「はい、とてもよくお似合いで素敵です」

「えへへ、でしょう？」

セスさんは明るく笑った。

「お世辞なんか言わなくていいんだぜ、お嬢。男のくせに女みたいな格好して」

「ローニャ店長は理解があるんですーだ！」

リュセさんは気に入らないらしく突っかかるのだけれど、慣れたやり取りらしく、セスさんはべーと舌を突き出す。

「おい！　ローニャの匂いがしねーか……」

そこにやってきたのは、チセさん。私を見るなり驚いた表情を浮かべ、私とシゼさんの部屋を交互に見てから、ぱぁと満面の笑みになる。

「朝メシ作ってくれよ！　今狩ってくる!!」

チセさんはそう言って獣人の姿に変身すると、すぐに駆けていった。

それを見たセナさんはジャッカルに変身し、チセさんのあとを追いかける。それからものの数秒で青い狼姿のチセさんを引きずって戻ってきた。

「見回りが先だよ。ボスは？」

セナさんがリュセさんに尋ねる。

「まだ寝たいんだって。お嬢に屋敷を案内しとけってさ」

「案内って言っても、僕らの部屋と空き部屋しかないでしょ。今寝なきゃいけないほどボスは疲れてるの？」

「さあね。お嬢が変なこと言うからふて寝したんだと思うよ」

セナさんに答えながら、リュセさんはニヤニヤと私を見る。

「変なこと？　まぁなんであれ、ローニャをここで匿《かくま》うんでしょう？」

「そーいうことー」

「じゃあ談話室とダイニングルームを案内するよ」

そう言って歩き始めたセナさんに続くと、セスさんが私の腕にしがみ付いてくる。そんなセスさんから引き離そうと、リュセさんが私の腰に尻尾を巻き付けた。

前を歩くセナさんの尻尾が歩調に合わせてフリフリと揺れて、その隣ではチセさんが青い尻尾を嬉しそうにブンブン振っている。もふもふ屋敷だ。

「広いお屋敷ですね」

「ああ、十三年前までは金持ちの商人の家だったんだ」

十三年前といえば、このあたりで戦争が起きた頃だ。きっとそのせいで空き家になったこの屋敷を買ったのでしょう。

廊下を歩きながら天井を見上げると、隅っこには蜘蛛《くも》の巣が張っている。

「手入れはあまりされていないようですが……」

「使用人を雇おうとしても、僕らが獣人ってだけで、逃げられるんだもん！」

セスさんがむくれて言った。

「掃除はセスの役目だけどな」

「僕一人でこんな広い屋敷を掃除できるわけないじゃん！」

咎《とが》めるような視線を向けるリュセさんに、セスさんは言い返す。二人に挟まれた私は、思わず苦笑を零《こぼ》した。

「それなら私がお手伝いします。警護していただいているお礼を兼ねて」

「やった！」

セスさんが私の右腕を掴んだまま万歳した。いつもの明るい笑みで何よりだ。

「そもそも警護の報酬《ほうしゅう》を支払わなければいけませんね」

「聞いてなかったの？　報酬《ほうしゅう》は必要ないよ。掃除だってする必要ない。それよりもローニャは休むべきだ。調子はどう？」

セナさんが振り返って心配そうに聞いてくれる。

「なんだか意識がはっきりしないような感じはありますが……掃除くらいできます。もちろん、ご飯も作りますよ」

私がそう言うと、セスさんはまた万歳をして、チセさんはガッツポーズをして喜んでくれた。

「わかったよ。でも掃除が済んだら、ちゃんと休むんだよ。僕の部屋で本を読んでいてもいいから、とにかく安静にするように」

「はい」

セナさんの言葉に、微笑んで頷《うなず》いて見せる。

「さて、ここが談話室だ。皆で集まって話したり、仮眠を取ったりしている部屋だよ」

廊下の突き当たりにある扉の先に現れたのは、大きな部屋だった。中にはいくつものソファーが無造作に置いてあって、サイドテーブルは二つ。クッションソファーらしきものもあって、そこでもふもふ傭兵団さん達が寝ているところを想像すると笑みが零《こぼ》れてしまう。

「隣がダイニングルーム」

セスさんが談話室から続きになっている部屋を案内してくれる。

そこには大きなブラウンのテーブルが一つあった。誰かが暴れたのか、爪痕《つめあと》がくっきりついている。チセさんのものだろうか。

「この奥がキッチンだよー」

セスさんがキッチンのほうを指差す。セナさんは時計を見て、「そろそろ行かなきゃ」と言った。皆さん、ギリギリまで私に付き合ってくれていたみたい。

「じゃあオレ達は見回りに行くよ」

チセさんとリュセさんは、私に一言声をかけると先に廊下に出ていった。それに続こうとしたセナさんを、セスさんが呼び止める。

「待ってよ、兄さん！　髪結んで！」

肩をすくめながらも、セナさんは椅子に座ったセスさんの髪を梳《と》かし始めた。

兄弟の仲睦《なかむつ》まじい様子を見つめたあとに、キッチンに入る。掃除はあまりされていないようだけれど、広くて素敵なキッチンだった。

材料があればパンを焼こうかしら。とはいえ、まずは掃除をしなくては。

「じゃあローニャ、行ってくる」

キッチンの中をあれこれ見ていると、セスさんの髪を結び終えたセナさんが、キッチンの入口から顔を覗かせていた。

「はい、いってらっしゃいませ」

手を振って見送ると、入れ替わりでセスさんが入ってきた。本日の髪型はポニーテール。

今は人型だけど、獣人の姿もきっとセナさんにそっくりに違いない。想像してみると実際に見たくなって、恐るおそる頼んでみた。

「失礼かもしれませんが……セスさんの獣人の姿を見せてもらえませんか？」

「えー？　そんなこと頼まれるって、初めて……でも、いいよ」

驚いてそわそわするセスさんだったけれど、快《こころよ》く応じてくれる。セスさんが目を閉じると若葉色の光が広がり、獣人の姿に変わった。

セナさんより薄い、新芽の色のジャッカル。ピンと立った大きな耳に、シュッとした顔つきと黒い鼻。緑の瞳はアーモンド型で、ボリュームのあるもふもふの尻尾。やっぱりそっくりだ。

「じゃーん」

セスさんは腕を広げて自慢するように一回転したあと、照れくさそうに笑った。

「本当はね、ローニャ店長に嫌われたくなくって、今まで獣人だってこと隠してたの」

「私にですか？　私は皆さんのこと好きですよ」

「ありがとう！　嬉しい！　僕も大好き！」

喜んだセスさんが、私を控えめにきゅっと抱きしめる。私はさりげなく耳と一緒に頭を撫《な》でた。温《ぬく》もりを感じる頭はもふもふで癒《いや》されます。ふふふ。

「獣人だってこともそうだけど、僕の格好を認めてくれない人が多いから。チセとリュセが、正体明かすなって猛反対してたんだよ」

セスさんは好きな格好をしているだけでも、周りから見れば女装。理解できない人は多いのかもしれない。

「そうだったのですか……私は素敵だと思います。いつも可愛らしいと思っていたんですよ」

「ありがとうー！　ローニャさん、ほんっと理解があっていい人！　大好き！」

今度は頬ずりされる。もふもふ。

「では、さっそく掃除をしますね」

「魔法でちょちょいっとやっちゃうんでしょ？」

「はい」

その通り。尻尾をブンブン振って見守るセスさんに背を向けて、私は魔法を使う。

まずは風の呪文を唱えて、いくつもの旋風を作る。その旋風は部屋の隅から隅まで埃《ほこり》を吹き上げ、外に掃き出してくれた。

次は古いものを新しいもののように再生する魔法。長い呪文を唱え掌《てのひら》に魔力を集中させれば、キラキラと瞬《またた》く光が零《こぼ》れ落ちる。その手をキッチンに翳《かざ》すと、真新しいキッチンに早変わり。大きなテーブルの上に手を滑らせれば、爪痕《つめあと》も消えてピカピカのテーブルに生まれ変わる。

手を大きく振って、天井も磨きたてのように変えた。

続いて廊下に出て、瞬《またた》く光を周囲にまき散らしつつ、古くなったカーテンや床を新しく変えていった。

セスさんはパチパチと拍手をしながら、私のあとをついてくる。

屋敷の中を踊るように進んでいると、楽しい気持ちが膨れ上がって、ついくるりとターンをしてしまう。スカートを舞い上がらせて、くるり、くるりと回ると、空色のドレスが光を浴びてキラキラと煌《きら》めく。

セスさんも面白がって、私の手から溢《あふ》れる魔法の光を浴びた。セスさんの服がキラキラと輝く。

二人で手を繋いで、くるくると子どもみたいに踊りながら一つ一つの部屋を綺麗にしていった。

「すごーい！　あっという間に綺麗になった！　魔法すごい！」

屋敷内を一通り掃除し終わって、セスさんとともにキッチンに戻ってくる。

「結構な魔力を使いますけど、便利ですよね」

「あ、疲れてない？　大丈夫？」

「はい」

これくらいで疲れたりはしない。むしろとても楽しかったと笑みを浮かべる。

笑い返してくれたセスさんと、真新しくなったキッチンでパン作りをした。

「セスさんはいつもステーキを焦がしてしまうと聞いたのですが、料理は不得意なのですか？　それにしては手つきが慣れていますよね」

人間の姿に戻ったセスさんは、上手にパン生地をこねている。

「僕、生肉苦手なの～。できるだけ見ないようにしてるから焦がしちゃうんだよね。あ、他の料理なら得意なんだよ！　でもチセ達がお肉ばっかり欲しがるからさ～」

セスさんはどうしても苦手が克服できず、チセさん達は他所《よそ》でステーキを求めるようになったらしい。そういう経緯があって、彼らは私の店に通うようになったとのこと。

納得した。

「お肉ばかりじゃなくて、バランスのいい食事をしてほしいですね」

「そうなんだよ！　ああもう、嬉しいなぁ。身内の話はなかなかできないから、こうして話せて本当に嬉しい。ありがとう、ローニャさん」

「私も、セスさんや皆さんのことを知ることができて嬉しいです」

パンをオーブンにセットした私達は、談話室で一休みすることにした。ソファーに腰を下ろして、セスさんから普段の獣人傭兵団の様子を聞く。

それから尻尾を触らせてもらった。さすがはお洒落《しゃれ》好きさん。尻尾の先までお手入れをしているみたいで、手触りは極上のもふもふだ。撫《な》でていくうちに、長い毛に指先が埋もれていく。なめらかで、いつまでも撫《な》でていたくなる。

その時、羽ばたきの音とともに風が舞い上がった。かと思えば、ポトポトと柔らかいものが私の膝に落ちてくる。蓮華《れんげ》の妖精ロト達だ。

目に涙を溜めて、私にぴたっと引っ付いてくる。そういえば昨日はロト達に会っていない。心配してくれたのでしょうか。

ロト達を連れてきたのは、幻獣ラクレイン。

「おはようございます、ラクレイン。ロト達も、一日ぶりですね」

「あいっ」

　ラクレインは部屋を見回したあと、セスさんに目を留める。

「セナさんの弟のセスさんです。こちらは幻獣ラクレインです」

「初めましてー！」

「ああ、よろしく」

　ラクレインは、セスさんの服装について特に触れる気はないみたいだ。すぐに視線を私に戻して、体調を確かめるように顔を覗き込んでくる。けれどふと何かに気が付いたように顔を上げた。セスさんもラクレインと同じ方向を向いている。

「あれ、お客さんだ……」

　どうやら誰かが訪ねて来たらしい。セスさんは眉間にシワを寄せ、警戒心を剥《む》き出しにしている。

　獣人傭兵団のお家に、訪問者は珍しいのでしょう。

「せっかくローニャ店長とお話ししてたのに……誰ー？」

　セスさんの美しい顔が歪《ゆが》み、露骨《ろこつ》に不機嫌な表情になった。ぷくーっと膨れっ面《つら》をして、私を見る。

「ちょっと待っててね」

　一言そう言いおいて、セスさんは部屋を出ていった。

変な様子だったな、と首を傾げていると、ラクレインがまた顔を覗き込んでくる。

「具合はどうだ？」

「まだなんとなくふわふわした心地ですが、大丈夫ですよ」

「そうか。今日も獣人達に任せればいいのか？」

「そのようです」

「ではもしもの時は、いつでも我を呼べ」

「はい」

私はラクレインに笑みを浮かべて頷《うなず》いた。

ラクレインは安心したらしく、颯爽《さっそう》と去っていく。彼の、獣人傭兵団の皆さんへの信頼は厚い。人嫌いな幻獣と言われたラクレインの信頼を得るなんて、獣人傭兵団さんはすごいなと感心した。

残ったロト達に寄り添われたまま、ソファーに横たわる。ロト達は私の鼻に抱き付いたり頬ずりしては、ほっこりと顔を綻《ほころ》ばせる。

こうしてのんびりまったりできるのは幸せだけれど、ちょっと暇でもある。見回りに行った皆さんが戻るまで、何をしていようか。

「あ、そうだ！」

あることを思いついた私は、ロト達を連れて別の部屋に入っていった。

4　どんな関係。＊セナ＊

どんな関係になっても構わない。

君がそばにいてくれるのなら。


弟のセスの長い髪を高い位置で結んでやっていると、セスが後ろを振り返った。

「嫉妬《しっと》した？」

「は？　なんの話？」

「今朝、ローニャ店長がボスにお持ち帰りされたと思って、嫉妬《しっと》しなかったのー？」

妙なことを聞くセスに、顔をしかめる。それからローニャのほうをうかがうが、彼女はキッチンで何かしているらしい。

「なんで僕が嫉妬《しっと》するのさ。僕はシゼとくっつくことを狙ってるんだけど？」

ローニャに聞こえないよう声を潜《ひそ》めて言う。

「兄さんは、ローニャ店長と恋人になれなくていいの？」

「別に、どんな関係でもいい」

「ふーん……どんな関係でも？」

セスは意味深な様子で聞き返してくる。

僕は言葉を誤ったと、遅れて気が付いた。

「生意気」

「あいてっ」

セスの頬を軽くつねるが、彼は反省の色もなく笑った。

髪を結び終え、セスの肩をぽんっと叩いてからキッチンに顔を出す。

「じゃあローニャ、行ってくる」

「はい、いってらっしゃいませ」

我が家のキッチンで、ローニャが微笑んで僕を見送ってくれる。

セスと妙な話をしたせいで、なんだかくすぐったい気持ちになった。

そのまま僕は皆と合流して、街の周囲の見回りに行った。

昨夜もシゼ以外の皆で見回ったが、念のためにもう一度街を一周する。

目を凝《こ》らして、不審者がいないことを確かめながら歩いていった。

一通り見回りが終わった頃、一眠りしていたらしいシゼがやってきたので、今朝の街の報告をする。

そうして家に帰る途中、昨夜のローニャの話になった。

僕達はシゼを問い詰めて、ローニャを家に連れ帰った理由を聞き出す。

なんでも、ローニャの兄は店に現れるなり、彼女を罵倒《ばとう》するだけして去っていったという。

「アイツ、兄貴に見つかったら精霊の森に住むとか言ってなかったか？」

チセが確認する。

確かに、そう言っていたことを覚えている。

「え、お嬢いなくなるってこと⁉　喫茶店は⁉」

慌てふためくリュセに、チセは露骨《ろこつ》に嫌な顔をした。

「知るか。本人に聞いてみろよ！　オレは嫌だぜ、店長の料理が食えなくなるなんて！」

「ローニャは何も言わなかったけど……」

僕はシゼに目を向けるが、シゼは何も言わなかった。

何を考えているのかわからないけれど、きっとシゼだってローニャを引き留めるはずだ。あの喫茶店を気に入っているし、何よりローニャ自身がこの街から離れていくことを許さないだろう。

「おい、誰かいるぞ」

チセの言葉を聞いて、家の前に訪問者がいることに気付く。僕達の家を訪れる人なんて、領主である男爵くらいなもの。だが男爵ではない。

煌《きら》びやかな白銀……いや、白金に輝く長い髪に、横に伸びた長い耳。深緑のマントを身にまとった、旅人のような装《よそお》いのエルフ族の男だ。

「ボス！　ローニャさんに用だって」

来客の対応をしていたセスが、扉から飛び出してきてシゼに詰め寄る。だがシゼは何も答えない。

シゼが何も言わないことはよくあるので、セスは気にせず僕のほうを向いた。

「ここのボスが、まったり喫茶店の店長ローニャをさらったと聞いた。事実か？」

旅人風のエルフがマントの下で剣の柄に手をかけ、敵意をちらつかせる。

大方、街の住人が、ローニャが獣人傭兵団に連れ去られたと話したのだろう。

「あん？　やんのか、こら!!」

ローニャがいなくなるかもしれないという苛立ちも重なって、チセが真っ先に戦闘態勢に入った。リュセも牙《きば》を剥《む》き出しにして威嚇《いかく》する。

「やめなよ」

二人を制止する僕の横で、シゼは微動だにせずエルフを見据えている。

僕はエルフに対して敵意はないと示すために、姿を人間のものに変えた。

「ローニャは僕達が預かることになった」

「……」

「街の住人がなんて言ったかは知らないけれど、ローニャとは友人関係にある。実際、悪魔から彼女を助けたのは僕達だ」

ローニャの客と揉めて、彼女の心配事を増やすつもりはない。

エルフは緊張を解き、マントの下で握っていた剣から手を離した。

「悪魔からローニャを救った件も耳にした。礼を言う。ローニャを助けてくれたこと、心から感謝している」

エルフはそう言って頭を下げる。

「お前に礼を言われる筋合いはねーよ」

なおもリュセが噛み付く。彼の尻尾には苛立ちが表れていて、低い位置に垂れ下がっていた。

そんなリュセの様子を意にも介さず、エルフの男は再び口を開く。

「俺とローニャは長い付き合いなんだ。現場を見たが、幻獣ラクレインがいた形跡もあった。信頼できると判断しよう。では、ローニャをよろしく頼む。俺は悪魔の封印を試《こころ》みる」

それだけ言って、エルフは僕の横を通り抜けて立ち去っていく。

すれ違いざまに、マントの隙間からちらりと剣が見えた。その剣に覚えがあったが、それよりも聞きたいことが別にある。

「ねぇ……シュナイダーって男、知ってる？」

もしかしたら、このエルフの名前かもしれない。そうでなくても、長い付き合いならば何か知っているかも。

そう思って尋ねると、今まで涼しい顔をしていたエルフが途端に顔をしかめた。

「……愚《おろ》かな男の名だ」

憎たらしそうにそれだけを告げ、彼は去っていく。

シュナイダー——それはローニャを深く傷付けたであろう男の名前。あのエルフはシュナイダーという男のことを知っているようだった。

どんな男か、ローニャとの間に何があったのか。

「気に食わねー！　なんだよあのエルフ！　どうなってんだよ、セス！」

リュセがブンブンと尻尾を激しく振り回す。

「知らないよ！　僕だってムカついてるんだからね！」

言い返しつつ、セスは屋敷に戻っていく。そのあとを追うように家に入りながら、僕は思い返す。不思議な輝きを持つ髪、そしてあの剣。歴史書に記されている、とあるエルフの特徴と一致する。

「ねぇセス。あのエルフの名前は聞いてない？」

「うん、聞いてない。ただ、前にお店で見たことがあるよ。ちゃんと覚えてないけど、なんとかヴィアスってローニャ店長は呼んでた気がする」

「ヴィアス……ね」

覚えのある響きだと、自分の予想に半ば確信を持ったその時——

「あれ？　店長がいない！　談話室に妖精といたはずなのに！」

先を歩いていたセスが、談話室を覗いて声を上げる。

「バカ野郎！　一人にするなよ‼　悪魔の仕業じゃねーよな⁉」

リュセが怒鳴りながら僕の横をすり抜け、談話室を覗き込む。

だが、チセは悪魔の匂いはしないと言う。あの禍々《まがまが》しい気配もない。

それどころか、屋敷には清々《すがすが》しい空気が満ちていて、どこもかしこもピカピカになっていることに気付く。

「うわ、なんだここ……うちじゃねーみたい」

リュセもチセもそわそわと周りを見回した。

こんなに清潔だったことは今までになかったから、そうなるのも無理はない。まるっきり別の屋敷にいるみたいだ。

「お嬢、どっかの部屋で眠りこけてんじゃねーの」

言いながら、リュセは自分の部屋に駆けていく。チセも、ローニャを捜して自分の部屋に飛び込んだ。

特に気にした様子を見せないシゼも、何も言わず自分の部屋へ向かっていく。

僕はそれを追いかけて呼びとめた。

「ボス」

「あ？」

機嫌の悪い声が返ってくる。何かがボスの機嫌を損ねたらしい。

「さっきのエルフは、おそらく英雄オルヴィアスだよ。エルフの王国、ガラシア国の女王の弟。あいつが携《たずさ》えていた剣はエルフの国宝だった」

部屋のドアノブに手をかけて、シゼはぴたりと動きを止めた。

エルフの国宝であるあの剣は、本で見た。

あれを持つのは、英雄と呼ばれる戦士オルヴィアス。

「魔導師だけでなく、英雄オルヴィアスとも知り合いなら、ローニャが庶民の出という可能性は低い。育ちが良さそうだから裕福な家の娘なのかと思っていたけれど、それどころじゃないよ。……ローニャは貴族の令嬢だ」

貴族令嬢なら、魔導師やエルフの王族と交流があっても納得できる。

魔法も、おそらく貴族の通う学園で学んだのだろう。

「……それがなんだ」

シゼはこれくらいでは驚かない。けれど、僕の予想を話せばさすがに反応するはずだ。

「ローニャは遅かれ早かれ、連れ戻されることになるよ」

「っ！」

「精霊の森を救ったことが明らかになれば、彼女を放っておけるはずがない。身内も、この国の王だって」

本人の希望により伏せられているローニャの功績。彼女が精霊の森を救った事実は、歴史に刻まれる偉業のはず。国中、いや世界中から感謝されるべきことだ。

植物の精霊であるオリフェドートがいなければ、世界中の植物は枯れ果てる。だから、ローニャは世界を救ったと言っても過言ではないのだ。

それが公《おおやけ》になれば、どんな汚名も帳消しになるに決まっている。

ローニャは家に連れ戻されるのだ。あるいは、他の国に来ないかと誘われる。彼女の意思とは関係なく、いろいろな権力者から求められるだろう。

「どこにも行かせない。……シャワーを浴びる。あとでローニャをこっちに寄越せ」

シゼはそれだけ言うと、部屋に入った。

――どこにも行かせない、か。

「ねぇ。ローニャ店長、キッチンにもいなかったよー」

談話室からセスが顔を出して言う。

さて、ローニャはどこにいるのだろう。耳をすましたけれど、シゼの部屋にもいないらしい。

心当たりがあるとすれば、一つ。

僕は自分の部屋に早歩きで向かった。

廊下の突き当たりから、二つ手前の部屋の扉を開く。

朝開けておいたカーテンから陽射しが差し込んでいて明るい。そこは、本棚の壁に囲まれた僕の部屋。その中にローニャはいた。

彼女は、人が横になれるくらい大きなソファーに姿勢を正して座り、本を読んでいる。

ローニャは僕を見て微笑んだ。彼女は陽射しに照らされていて、その笑顔は文字通り僕の目に眩《まぶ》しく映る。

「いらっしゃいませ、セナさん」

いつもの癖で言ったのだろう。もしくは、まだぼんやりしている状態なのかもしれない。

「……ここはまったり喫茶店じゃなくて、僕の部屋だよ」

「あ、そうでした」とローニャは一度本を閉じる。

「お帰りなさいませ、セナさん。勝手にお邪魔してすみません」

「構わないよ。何読んでたの？」

僕はそう返して、隣に腰を下ろす。

ローニャが自分の部屋にいるのは、なんだか変な感じだ。

「先日いただいたのと同じ本です。立て込んでいて、なかなか読めなくて……」

「読んでいていいよ」

「いえ、またあとで読みます」

「そう」

ローニャは穏やかな声で僕に本を返した。別に今読んでいても構わなかったのだけれど。

「……」

「……」

沈黙が落ちて、時間がゆったりと流れていくように感じた。

今思えば、シゼはローニャがここにいるとわかっていたのかもしれない。

この屋敷でローニャがいそうな部屋といえば、キッチンか本がたくさんある僕の部屋だと簡単に予想がつく。

「本がいっぱいですねー」

のほほんとローニャが口を開いた。

「まぁね」

「……」

「……」

そうしてまた沈黙が流れる。何か話題を探すけれど、僕はさっきのエルフとローニャの正体が気になって、頭の中がいっぱいだ。

ローニャはというと、穏やかな眼差《まなざ》しで本棚を見つめている。沈黙を気まずくは感じていないようだ。

「具合はどう？」

「まだふわふわしている感じです」

「ほろ酔い状態なんだね。……ロトの匂いがする。来てたの？」

「はい。果物を取ってきてくれるそうで、一度森に戻りましたけど」

「そうなんだ」

相槌《あいづち》を打って、次の話題を探す。

「しばらくここにいるなら、好きな本を読んでいいよ」

「ありがとうございます」

僕は立ち上がって向かいの本棚から一冊を抜き取った。

それは英雄オルヴィアスの偉業を綴《つづ》った、分厚い本。

「ああ、それなら以前読んだことがあります」

何がおかしいのか、ローニャはクスクスと楽しそうに笑う。

「そう……」

英雄オルヴィアスとどんな関係なのか。僕は、ここでずばり聞いてみるかどうか迷った。

尋ねたら、どうなるだろう。

ローニャの正体についての謎解き。その答え合わせをしてしまったら、彼女は逃げてしまうのではないか。そう躊躇《ちゅうちょ》してしまった僕は、結局何も聞かずに本をもとの場所に戻した。

別の本を手に取って、ローニャの隣に再び腰を下ろす。

「前に話した小説。これも貸すよ」

「わぁ、ありがとうございます」

ローニャは目を輝かせ、さっそく本を開いて読み始める。

ピンと伸びた背筋、ページをめくる綺麗な手、陽射しで輝く白銀の髪。

文字を追う青い瞳に合わせて、白銀の睫毛《まつげ》が揺れる。

ローニャを見つめていると、彼女がこちらに目を向けた。僕は目を背ける。

「読んでいていいよ」

シゼがあとで彼女を部屋に呼べと言っていたけれど、まだシャワー中だろう。もう少しの間、ここにいればいい。

「ありがとうございます。セナさんのお部屋はいいですね。陽当たりが良くって、ポカポカします」

陽射しを浴びているから、暖かいのだろう。ローニャは話しながら眠たそうに目を細めた。

黙ってそれを見ていると、やがてローニャは眠気に逆らうことをやめて目を閉じる。

それからソファーに凭《もた》れて本を膝の上に置き、僕の左肩に頭を預けた。

どきっ、と心臓が跳ねる。

「横になりなよ」

心音を聞かれてしまう気がして言うと、ローニャは簡単に横になった。

そんな彼女の頭を、髪を整えるように撫《な》で付ける。

「……昨日、久しぶりにお兄様に会ったのです」

ローニャは唐突に兄の話を始めた。僕は指先で彼女の髪を弄《もてあそ》びながら、話の続きを黙って待ってみる。

「私……悪いことをしたので、怒られてしまいました」

「そう……」

「怒られてばかりなのです……いつも」

彼女の横顔が、辛そうに歪《ゆが》んだ。

「一度でもいいから、優しいお兄様と過ごしたかったたっ……」

ローニャの目から涙が零《こぼ》れ落ちた。でも、彼女は泣きじゃくることはなかった。

すぐに治療魔法が効いたのか、ローニャは眠りにつく。

「……ローニャ」

涙を拭《ぬぐ》って僕は呼ぶ。きっと僕の声は届いていないだろう。

「僕は君の兄にはなりたくないよ」

どんな関係でもいいと思っていた。

友だちのままでもいい。家族のように親しい関係になってもいい。

でも、兄の代わりになることだけは嫌だと思った。

それはきっと――わずかに恋人になりたいと望む気持ちがあるせいだろう。

静かな寝息を聞きながら、そっとローニャの頬を指先で撫《な》でる。

バカだよね。僕はシゼとくっつけばいいと思っていたのに、自分が求めてしまうなんて。

そばにいると誰よりも心が安らいだ。

共通の趣味で盛り上がれることが、心から楽しかった。

何かを贈りたいと思った相手は初めてだった。

二人だけの時間を強く欲した。

友だち以上の関係を望む気持ちを抱いた。

「……また、僕の前で泣いたね」

ローニャが無意識に悲しみを零《こぼ》したのは、これが二度目だ。

そんな彼女の髪を一房《ひとふさ》手にして、僕は小さな気持ちを胸に抱いたままそれに口付けをする。それから、悲しみを拭《ぬぐ》うように頭を撫《な》でた。

ローニャを全力で守りたい。そのためなら、エルフの王族を敵に回しても構わない。

彼女を泣かせた兄に会うことがあったら、容赦はしない。そう強く決心した。

「っ！」

気が付くと、目の前に妖精ロトがいた。

果物を持って赤面している様子を見るに、髪に口付けしたところを見られたらしい。

ローニャのことばかりに夢中になっていた自分が恥ずかしい。

「秘密だよ」

人差し指を立てて、口止めする。ロト達も「しー」と仕草を真似て了承した。

手なずけておいてよかった。

ほっとして、一休みしようと獣人の姿になる。

すると魔法の気配を感じたらしく、ローニャが起き上がった。

「ふわっ……もふもふ」

寝惚《ねぼ》けたローニャは、僕の尻尾を見るなりそこに顔を埋めた。

「……ちょっと」

「お陽様を浴びた緑の匂いがします」

「緑の匂い？」

僕はそんな匂いがするのかと、自分の手首を嗅《か》いだ。けれど特にそんな匂いはしない。

床にいたロト達が果物を置いて、僕の尻尾にこぞって集まってきた。

「セナさんは、優しい緑の香りです……」

「そう……」

右手で髪を撫《な》で付けると、ローニャは気持ち良さそうに笑う。それにつられて僕も笑顔になった。

「そうだ、シゼさんの鬣《たてがみ》に触れましたよ」

「……ふーん」

念願達成の報告に、浮かべていた笑みが消えてしまう。

僕は表情の変化を誤魔化《ごまか》すように口元をさすった。

この小さな気持ちは、小さなままで。

「ふわふわでした……」

「……よかったね」

「そのあと、怒らせてしまったみたいです」

「何を言ったんだい？」

ローニャの髪をいじりながら問う。

「どうしてここまでしてくれるのかと、尋ねたのです」

「……あー」

それは機嫌を損ねるのも無理はない。

大切な相手なのだから、助けて当然だ。シゼはああ見えて、限られた絆《きずな》を大切にしている。集落の仲間や僕達、男爵とも。

だからローニャを守るのは当然だ。

「答えは教えてもらえず、宿題になりました。それがわかるまで滞在しろと……。正解はなんでしょう？」

「それを教えたら、僕が怒られる。自分で考えなよ」

「んー……ぼんやりしてしまって……イマイチわからないのです」

答えは簡潔でいいのだと思う。

君が好きだから、僕達は助ける。

どんな敵が現れても、守り抜く覚悟がある。それほど大切にしている。だから、ここにいて。

「ちゃんと自分で答えを見つけなよ」

今度は君が謎解きをする番だ。

5　もふもふの家。

優しい緑の香りがする。セナさんの尻尾は先が丸くもふもふしていて、なめらかな触り心地。

ここに顔を埋めたまま眠ったら気持ちが良さそう。だけど眠ってしまうのはもったいない。いつまでも撫《な》でていたくて、私は指を動かし続けた。

優しい香りのもふもふをロトと一緒に堪能《たんのう》していると、セナさんにポンポンと頭を軽く叩かれた。

「ボスが呼んでたから、部屋に行って」

「あ、はい。じゃれさせてくださり、ありがとうございます」

もふもふを堪能《たんのう》させてくれたことに感謝して、一礼。

セナさんに見送られ、次はシゼさんの部屋に向かって廊下を歩く。ロト達には、果物をキッチンに運ぶようお願いしておいた。

するとその時、チセさんが向こうから笑顔で駆け寄ってきた。

「昼食狩ってくるから、ローニャ、作ってくれよ？」

「はい。いいですけど、何もわざわざ……」

狩りに行かなくてもいいですよ、と言っている間に、チセさんは窓から飛び出していってしまう。獣人傭兵団の中で、一番野生的な人だとしみじみ思った。

シゼさんの部屋の扉をノックしたけれど、返事はない。少し待ってからそっと開けて声をかけてみた。

「入りますね、シゼさん？」

黒を基調にした大きな部屋。そこにシゼさんの姿はなかった。

水の音がするから、きっとバスルームにいるのでしょう。出直そうとしたその時、バスルームから声が響いてきた。

「ローニャ？」

「すみません、出直しますね」

「いい。こっちに来い」

何か用があるのかと思って、言われた通りバスルームの前まで歩み寄る。

「なんでしょう、シゼさん」

てっきり扉越しに声が聞こえてくるのかと思いきや、扉が開かれた。

出てきたのは、水を滴《したた》らせた獅子――ではなく、水も滴《したた》るいい男。

シゼさんはズボンを穿《は》いただけの姿で、引き締まった上半身が私の目に映る。私は目のやり場に困って、慌てて目を背けた。

「セスともう一人つけて守ってやるから、無断で離れるな」

ゴシゴシとタオルで髪を拭《ふ》きながら言うシゼさん。

「は、はい」

答えながらも、やっぱりシゼさんのほうを見ることができない。

落ち着くのよ、私。もふもふだと思いましょう。

目の前にいるのは半裸の素敵な男性ではなく、獅子さんだと思うのです！　……それはそれで素敵ですが！

「おい、聞いているのか。こっちを見ろ」

俯《うつむ》いて足元を見ていたら、顎《あご》を掴まれて顔を上げさせられた。

厚い胸板や、逞《たくま》しい二の腕が目に飛び込んでくる。鍛《きた》え上げられた筋肉の上を、雫《しずく》がなぞるように伝っていった。

それを追うように視線を下げていき……だから見てはいけない、私。

慌てて視線を上げれば、タオルを被ったシゼさんと目が合う。威圧的な琥珀《こはく》色の瞳が、まっすぐ射抜くように私を見ていた。

「お前を守る。だから、離れるなよ」

「……はい」

真剣な声音で告げられて、私は素直に頷《うなず》く。

「それから……あまりラクレインに隠し事をするな。心配をかけまいとしているのだろうが……そのうち、兄のことも報告してやれ」

「……はい」

シゼさんはそう言うと、私から手を離した。そして、白いシャツの袖に腕を通して着る。

報告したら、きっとオリフェドートもラクレインも私のために怒ってくれる。

でも、私が家に迷惑をかけたのは事実。兄に責められるくらいのことは、甘んじて受け入れるべきなのかもしれない。

俯《うつむ》いていると、またシゼさんに顎《あご》を掴まれて顔を上げさせられた。

「離れるなよ」

この場から離れるような素振りは見せていないのに、シゼさんはまた同じ言葉を繰り返す。

「あ、一緒にキッチンに行きますか？」

シゼさんのお話が済んだら、昼食を作りにキッチンへ行こうと考えていた。それを悟られたのかと思って聞いてみると、シゼさんは深くため息をついた。

「……先、行ってろ」

何か間違えてしまったでしょうか。

疑問に思いつつも部屋を出ると、ちょうどセスさんが私を呼びに来たところに出くわした。

「チセが狩ったもの、捌《さば》いてるよー。うー……」

もうチセさんは狩りから戻ったようだ。

セスさんは生肉を想像したのか、身震いする。これで獣人の姿だったら、耳も尻尾も震えていたのでしょうか。ちょっと見てみたかったような……

「あ。料理する前に、髪を兄さんに結んでもらいましょう？　ね！　ね！」

セスさんに腕を引っ張られて談話室のほうへ連れていかれる。

するとちょうど、談話室の扉を開こうとしているセナさんに遭遇。

「あ、兄さーん！　ローニャ店長が髪、結んでほしいって！」

いいえ、私は言ってませんが……

そうツッコミを入れそうになるものの、セナさんが手招きするので一緒に談話室に入る。

誘われるままにベージュ色のソファーに座ると、セナさんが背凭《せもた》れの後ろに立って髪をすいてくれた。

その横から、セスさんが手を伸ばしてくる。

「ローニャ店長の髪に触ってみたかったんだぁ」

「邪魔しないの」

セナさんはそう言ってセスさんを小突く。兄弟の微笑ましいやり取りに、クスクスと笑ってしまった。

「セスさんと私は同じ歳だと聞きました。私のことは、どうぞローニャと呼んでください」

「じゃあ僕のことも、ただのセスでいいよ！」

「ありがとうございます、セス」

もっと親しくなりたいと思って提案してみれば、受け入れてもらえた。嬉しい。

「あ、外ではセリーナだよ。ローニャ」

「はい」

ふいに髪が軽く引かれて、そちらに意識が向く。

どうやらハーフアップで緩く結ばれた髪を、くるりとねじられたらしい。

「セナさん」

あまり凝《こ》った髪型にしてくれる必要はないのだけれど……。そう思って名前を呼んでみたが、セナさんはどこ吹く風。

「いいですけど……」

「いいでしょ?」

私の戸惑いも無視して、セナさんは今度はサイドの髪を三つ編みにしていく。それを後ろに流してピンで留めれば、編み込み風ハーフアップの出来上がり。

セスが持ってきてくれた手鏡で確認してみると、思った以上に綺麗にまとめられていた。

「本当にセナさんは器用ですね」

「でしょでしょ!　もっと褒《ほ》めていいんだよ!」

セスは自分のことのように喜んだ。

そんなセスが眩《まぶ》しく見えた。自慢のお兄様なのでしょう。

「ほら、みんなお待ちかねだよ」

セナさんに肩を押されて、次はダイニングルームに向かう。そこではもう、リュセさんとチセさんが席に着いていた。

テーブルの上にはロト達がいて、リュセさんの真っ白い尻尾と戯《たわむ》れている。

「ローニャ、捌《さば》いておいたぜー！　アドリンしか見つかんなかった、悪い」

私が入ってきたことに気付いたチセさんが、笑顔でそう報告してくれる。彼の目の前には、綺麗に捌《さば》かれたアドリンの肉が置かれていた。

アドリンとは、中型犬ほどのサイズの草食動物で、胴体と尻尾はリスに似ているけれど、脚は鹿のよう。お肉は弾力のある鹿肉に近く、家庭の食卓にもよく並ぶ。

「お見事ですね。すぐ調理いたしますのでお待ちください」

お肉を持って、セスと一緒にキッチンへ。

まずはアドリンのお肉を火の魔法で焼き上げましょう。お肉を宙に浮かせて火で包み込めば、あっという間にこんがりと焼ける。

それを見て、セスは目を輝かせていた。

表面を焼いた肉を、休ませる。こうしておくと、予熱で徐々に中に火が通っていくのだ。

お肉を寝かせている間に、サラダを準備。こまかくちぎった野菜をセスに渡すと、鼻歌を歌いながら楽しそうに盛り付けてくれる。

ロト達が持ってきてくれた果物は、デザートとして切って置いておいた。

「お待たせしました」

朝のうちに焼いておいたパンと、ローストビーフ風ステーキを皆さんの前に運ぶ。

いつの間に来たのかシゼさんも一番奥の席に座っていた。最後に彼の前にお皿を置いて、一歩下がる。皆さんが食べ始めるのを立って待っていると、一同ぽかんとしてこちらを見上げていた。

「何してんの、お嬢」

「店じゃねーんだから」

「君も一緒に食べなよ」

リュセさん、チセさん、セナさんが声をかけてくれる。私はハッとした。

「あ、癖でつい……」

お店ではいつも皆さんが食べ始めるのを見ているので、つい待ってしまった。さっきもセナさんに向かって「いらっしゃいませ」と言ってしまったし、重ね重ね恥ずかしい。

「ローニャはこっちこっち！」

チセさんとリュセさんの向かいに、セスが私の分のお皿を運んでくれた。セスとセナさんの間の席だ。

ありがたくそこに着席し、静かに手を合わせる。

「それでは、いただきます」

獣人傭兵団さん達の家に来て、初めての昼食。こうして団欒《だんらん》するのは、生まれ変わって初めてだ。

「あー！　チセがサラダに手をつけてないよ、兄さん」

セスは、チセさんがサラダそっちのけでお肉に夢中なことを指摘する。

「黙ってろ、セス！」

「二人とも、大人しく食べて。あと、リュセは食事中にロトと遊ばない」

セナさんは淡々と答えて、ついでに尻尾でロト達と戯《たわむ》れるリュセさんを注意した。

「だってさ、ロト」

「あいっ」

ロトは返事をすると、私のそばに来て食事を取り始める。今日のロト達のお昼ご飯は、果物の盛り合わせだ。

こんな賑《にぎ》やかな食卓、初めて。思わず笑みが零《こぼ》れてしまい、口元に手を添えてクスクス笑いながら皆さんの食べる様子を眺めた。こういうのもいいものだと、しみじみ思う。

シゼさんは相変わらず無口で、黙々と食べている。けれど、私と目が合うと「美味《うま》い」と言ってくれた。ありがとうございます。

皆さんの食事が終わり、セスと食後のデザートを運ぶ。

お腹を満たしたロト達は、バイバイと手を振って精霊の森に帰っていった。

「今日これからの予定はあるのですか？」

デザートをテーブルに並べながら、私は獣人傭兵団の皆さんに尋ねる。

「何時間か休んだら、また仕事に出かけるよ。一人は残ってセスとローニャの警護をするけれど、今日は誰にする？」

「はーい。オレオレ！　今日はオレがお嬢につく！」

リュセさんが真っ先に手を上げる。

「大丈夫なのですか？　三人で……」

警護をしていただけるのはありがたいけれど、戦力が一人欠けてしまっても仕事に支障はないのだろうか。心配になって聞いてみる。

「この間の襲撃以来、このあたりも平和なものだからね。心配は無用」

「だーいじょうぶだって、お嬢」

セナさんもリュセさんも平気だと笑った。

その時、魔法陣がテーブルの上に現れた。そこからロト達がコロンコロンとでんぐり返しをして次々出てくる。それに続いて、綿毛の妖精フィーもゴロンとでんぐり返しで登場した。

フィーはトイプードルによく似た二頭身の愛らしい妖精で、起き上がると私に鼻を突き出してくる。

私はそれに応じるように、フィーに鼻先を近付けた。

するとフィーは鼻をすりすりとすり合わせてくる。これが彼らの挨拶《あいさつ》なのだ。

フィーは他の人にも挨拶《あいさつ》をしようと、今度はセスの前へてくてくと歩いていき鼻を突き出す。

「何なに？　かっわいい！」

セスはためらいなく鼻を突き出してすりすり。フィーは他の皆さんとも順番に鼻をすりすりさせて、最後に一番離れたところに座るシゼさんに近付いた。

てく、てくてく。

フィーはやや躊躇《ちゅうちょ》したような足取りで、シゼさんに近寄っていく。

小さなフィーからすれば、体格のいいシゼさんは座っているだけで威圧感たっぷりでしょう。それでもフィーは勇気を出して鼻先を突き出した。

それを受けてシゼさんは――前のめりになって、鼻をすりすりっと寄せる。

挨拶《あいさつ》を済ませたフィーは大喜びでスピンジャンプをして、私の胸に飛び込んできた。

もふもふのフィーをむぎゅうっと抱きしめる。

クルンとした赤茶の毛が柔らかくて堪らない。もふもふのシゼさんのこともこんな風に抱きしめたいけれど、寝惚《ねぼ》けていなければもう一度抱き付くなんて無理だ。

「さあ、君も一緒に休むんだよ」

「……えっ？」

セナさんに言われて、一瞬なんのことかわからず呆けてしまう。

少し遅れてお昼寝をしようって意味だと理解し、背中を押されるがままに談話室へと連れていかれる。

ソファーが無造作にいくつも置かれた談話室。クッションの数も多く、談話室というより仮眠室と言われるほうがしっくりくる。

「好きな場所を選んでいいよ」

「では……」

フィーを抱えたまま、私は近くにあった適当なソファーに座った。それは低反発でふかふかしており、色味は落ち着いた黒。

するとリュセさんが私を指さして笑った。

「よりにもよって、ボスの定位置！」

「え？　ごめんなさい」

「いい」

慌てて退《ど》こうとしたけれど、シゼさんは私の座るソファーのそばにクッションを敷くと、そこに横たわる。

シゼさんのソファーと向かい合うように置かれたソファーに、セナさんが横になった。

リュセさんは別のソファーを私達の近くに押してきて、そこに倒れ込む。チセさんは大きなクッションを抱えるようにして床に寝転がった。

「ふふ……皆さん、いつもこんな感じでお昼寝しているのですか」

「そうだよ。昔からこうだから、こーんな広い家に住むようになってからも固まって寝てるんだよね。はい、ローニャも寝てねー」

セスが言って、私を押し倒すように毛布をかけてくれる。

それから彼も、セナさんと同じソファーで丸まった。

もふもふのお昼寝を鑑賞していたかったけれど、眠気に逆らえず瞼《まぶた》を閉じる。

フィーを抱きしめて、ロト達に寄り添われたまま眠りについた。


一眠りしたあと、ふいに意識が浮上した。うつらうつらしていると、ソファーからはみ出した右手に何かが触れていることに気付く。

瞼《まぶた》は開かず、覚えのあるもふもふした感触を楽しんだ。それは指の間に滑り込んできてくすぐったい。

自分も指を動かしてそれの正体を確かめようとする。それが手であることはすぐにわかった。五本の指が、私の指の間を滑ってくる。

これはシゼさんの手だ、と認識する。私が横になったソファーのすぐそばには、シゼさんがいたはずだもの。

「ローニャ……これからどうするつもりだ」

囁《ささや》くような低い声が手首に吹きかかって、身体がビクンと小さく震えた。

なんの話だろうか。沈黙の中、眠りの世界へ引きずり戻そうとしてくる眠気に抵抗しながら考えた。

これから……そうだ。私は兄に見つかってしまったのだ。

これからどうしよう。兄に居場所を知られて、このままでいいのだろうか。私はまったりした生活を続けられるだろうか。

夢うつつの頭で考えていると、不安が広がってますます眠気が押し寄せてくる。

「ふわふわした頭で考えるのはやめておきなよ。治療が終わってから考えればいいんじゃない？」

近くでセナさんの声が聞こえる。

それもそうですね。この魔法治療が終わってから考えよう。

そう決めた私は深呼吸をして、また眠りの世界に旅立っていった。


もふもふした感触のものに頬を撫《な》でられて、目を覚ます。重たい瞼《まぶた》を上げると、白いチーター姿のリュセさんが、にんまりした笑みを浮かべて私の顔を覗き込んでいた。

「前から思ってたけど、お嬢の寝顔って見飽きない」

人差し指でクリクリと鼻先をこねられる。呆気に取られてぽけっとしてから、のそのそ起き上がると、リュセさん以外に誰もいなかった。

「あれ……皆さんは？」

「もう仕事に行ったぜ」

「え……私、見送りもせずに、すみません……」

申し訳ないと頭を下げれば、リュセさんにポンポンと頭を撫《な》でられる。

「いいんだよ、そういうの。お嬢は休んでたほうがいいし。ぐっすりだったし？」

それからまたぽーっとしてしまう。

そんな私を、リュセさんは床に座ったままソファーに頬杖をついて、ニコニコと眺めてきた。

真っ白な睫毛《まつげ》に縁取られたライトブルーの目を、ぽーっと見つめ返す。

私の隣では、フィーとロト達が背伸びをしている。この子達もたっぷり眠れたらしい。

「もう夜ですか？」

「もう夜だぜ」

昼からぐっすりと眠ってしまうほど、休養を必要としているみたい。お言葉に甘えて休ませてもらおう。

「では……何して過ごしましょう」

「んー……」

考えるように唸《うな》りながらも、リュセさんはニヤニヤした。そして立ち上がると、すぐ目の前にやってきて、私が座っているソファーの背凭《せもた》れに手を置く。

「二人っきり」

「……あら？　セスは？」

また悪戯《いたずら》を仕掛けるつもりだと思い、ニコリと笑みを返して首を傾げる。リュセさんはパッと手を退《ど》かすと、隣に腰を落とした。

「なーんかダチと約束してるとかで、夜遊びに行ったぜー。ボスには内緒にしてくれだって」

「あら……では本当に二人きり……でもないですね」

リュセさんの言葉を肯定しようと思ったけれど、まだフィーとロト達がいる。彼らは何をして遊ぶのかと、期待の眼差《まなざ》しで見上げてくる。

「……」

「……」

私もリュセさんも特にすることが思いつかなくて沈黙する。

「お嬢……本当にごめん」

「はい？」

「悪魔の罠に嵌《は》まっちゃって、本当にごめん」

「ああ……気付かなかった私も悪いのです。そんなに謝らなくてもいいじゃないですか」

まだ眠気の抜けきらない声音で私はそう返す。

悪魔に汚《けが》された日、私は獣人傭兵団の皆さんにカクテルを振る舞うつもりで、リキュールを買いに行った。その帰りにリュセさんと会い、一緒に私の店に向かったのだけれど、店には貼った覚えのない獣除《よ》けの護符《ごふ》が。それのせいで、リュセさんは店に入れなかった。ひどい嫌がらせに怒った私は、犯人と思《おぼ》しき隣街の喫茶店のオーナーのもとに一人で向かってしまったのだ。それが獣人傭兵団と私を引き離すための、悪魔の罠だと気付かずに。

「割っちゃったリキュールも弁償する。……それから、お詫びに――」

一度言葉を止めたリュセさんに目をやれば、両手を広げてこう言った。

「オレのこと好きにしていいよ。思いっきりじゃれていいから」

リュセさんはにっこり笑みを深めると同時に、尻尾でくいっと私の鼻をくすぐった。

「オレの尻尾、触りたいんでしょ？」

「……いいんですか？」

「もっちろん。どこでもお好きなところをどーぞ」

白いもふもふにじゃれる許可をもらった私は、喜んでリュセさんに抱き付いた。

「わっ！　お、お嬢っ？」

勢いが強すぎたのか、リュセさんを押し倒すような形になってしまう。でも、もふもふしていて気持ちが良い。

白い毛はとてもなめらかで、触れたら溶けてしまいそうなほど柔らかい触り心地だ。

それはまるでわたあめのよう。

「お嬢……反則……。ま、いいけど」

首元に顔を埋めて頬をすり付けると、仄《ほの》かに甘い香りがした。この香りは、ローズだろうか。

「んー、コロンの香りがします」

「ああ、それね。キツくないコロン探すの、苦労したんだぜ」

嗅覚の鋭い獣人さんには、これくらい控えめな香りでないときついと感じるみたいだ。

「お嬢はいつも妖精の匂いと、花と砂糖の匂いがするよな」

「花と砂糖の匂いは、ラベンダーの香りだと思います。砂糖をかけたみたいに甘い匂いがするラベンダーなんです」

「へぇ……ラベンダーなんだ」

感心したように言って、リュセさんが私の首元に顔を埋めてきた。そして深く息を吸い込んだ。

「あーいい匂い」

耳がピクンと震えて私の頭をくすぐる。

ゴロゴロと喉を鳴らすリュセさんから、頬ずりされた。

それから尻尾にも触らせてもらった。こちらもわたあめのようにとろけそうな触り心地だ。

尻尾の先にはロトがぶら下がっていて、フィーもじゃれついている。

ふわふわ尻尾に頬ずりして、思う存分もふもふを堪能《たんのう》した。

「治療が終わって、我に返った時が楽しみ」

ククッと喉で笑うリュセさん。その言葉の意味はわからないけれど、気にならなかった。

「明日はチセ、次がセナで、その次はシゼが警護担当だから。あー楽しみ」

言いながら、リュセさんはまた頬ずりをしてくれる。もふもふ。

ちょうど右手がリュセさんの左胸の上に重なって、鼓動を感じた。ドドドッ、と速い心音が聞こえてくる。

「リュセさんの鼓動……速いですね」

「っ……お嬢が……胸の上にいるからだよ」

「ああ、すみません。苦しかったですか？」

「……別にへーき」

退《ど》こうとしたけれど、その前にリュセさんが私の右手を拘束した。その右手にふわふわな頬を寄せ、すりすりしてくる。

そんな風に、私達はまったりとじゃれた。

6　生きてる味。＊チセ＊

オレにとって、それが生きてるって味だった。


オレ達のお気に入りの人間のローニャが、悪魔に襲われた日から四日目。

あと三日はローニャは、治療魔法の副作用でボーッとしてしまうらしい。

初めて会った時から、ローニャのことは天然っていうか、鈍感っていうか、無防備だって感じてた。守ってやらなくちゃいけない対象だって思ってた。

でも、精霊や幻獣ラクレインの話によれば、彼女は強いんだとか。ローニャは悪魔が率いる魔物の軍も圧倒するほどの力を持っているらしい。

そんな話を聞いてもイマイチ想像できない。オレは想像力豊かじゃねーし。

ローニャが戦ったところを見てみたいものだ。

だが、どこかで知らなくていいとも感じていた。圧倒的な力を持っているということは知ってる。それだけで充分な気がした。

オレにとってのローニャは、のほほんとしていて、妖精にも獣人にも街の住人にも好かれていて、料理がうまくって、守ってやりたくなる奴。

ローニャがどこでどんな風に生きてきたとか、わざわざ聞く必要はない。

過去や自分自身について、ローニャが話したいと思っているなら喜んで聞く。けれど、そんなことをローニャが望んでいるとも思えなかった。

談話室のソファーでぐっすり眠っているローニャを見つめる。

昨日と同じように昼食を皆で取ったあと昼寝をしたのだが、ローニャはまだ起きそうにない。昨日ローニャの警護についていたリュセは、夜になるまで起きなかったと言っていたから、今日も当分目を覚まさないだろう。

今日の警護担当はオレ。他の面々は、仕事に向かう準備中だ。

「肌、舐《な》めてぇ」

ローニャの眠るソファーの傍らに座り、リュセが彼女の顔を覗き込んで言う。

「絶対甘い味がするよな」

確かに、人間の肌って舐《な》めたくなる。肌の柔らかさを舌で確認したくなるというか、本能がくすぐられるっていうか。

「横でこういうこと言われてるってのに、ローニャは本当、無防備だよな」

襲われるかも、なんて考えもしねーんだろう。

「それは僕達への信頼の証《あかし》だよ」

セナがドアノブに手をかけて言った。

「単に自分に降りかかるかもしれない危険を想像できてねーだけじゃないのか」

「……信頼だよ」

やや間があったが、オレの問いにセナはそう言い切って、「無断で舐《な》めたらだめだからね」とリュセに釘を刺す。

その時、オレは思い出した。

「シゼは舐《な》めたことあるよな、ローニャのほっぺ」

「まじで!?　ずるいシゼ！　いつだよ!?　連れ帰った夜じゃないよな!?　なぁ!?」

リュセはぎゃーぎゃー言いながら、談話室を出ていくセナとシゼのあとを追っていった。すぐに鈍い音が聞こえたから、たぶんシゼに殴られたんだろう。

これでオレとローニャの二人きり。

暇で仕方ねー、と尻尾を左右に揺らしながら考える。ローニャが起きたら、剣の手合わせでも頼もうか。暇なんだし、それくらいいいだろう。

早く起きねーかな、とローニャの顔をじーっと見つめた。

綺麗な女だ。それは外見だけのことじゃない。だから好きなんだけどな。

ひたすらボーッと眺めていたら、ようやく青い瞳と目が合う。ローニャが起きた。

さっそく、剣を取ってこようと立ち上がったのと同時に、部屋にセスが飛び込んでくる。

「ローニャ！　起きた？　準備できたよ！　行こう！」

セスがソファーに勢いよく飛び乗り、ローニャの身体が弾《はず》んだ。

ローニャはそれで完全に目が覚めたらしく、目を大きく開いた。

そんな彼女を見つめつつ、オレはセスに尋ねた。

「行こうって、どこに行くつもりだよ」

「白き龍の森！　肌がしっとりすべすべになる温水があるんだって！」

「出かけても構いませんか？　チセさん」

二人は最初からそこに行く予定だったらしい。ローニャがオレに確認した。白き龍には興味がそそられる。

オレは龍を見たことがない。龍が見られるなら、剣の手合わせはあとでもいい。

頷《うなず》いて了承すると、ローニャは立ち上がって移動魔法を展開し、オレ達は白い光に包み込まれた。

次の瞬間には、日暮れの薄暗い森の中にいた。

鬱蒼《うっそう》として何か出てきそうな雰囲気に、毛が逆立ちそうになる。

ローニャは魔法で球体の光を作ってあたりを照らした。

「ラベンダーの温水の場所まで行けば、少しは明るいと思います」

オレが警戒していたことに気付いていたのか、ローニャが安心させるように言った。

「温水はどうでもいいけど、龍には会えるのか？」

セスとローニャの目的は温水らしいが、オレは龍が見たい。

「温水のところにいると思いますよ」

ローニャがそう言うので、ならいいやと黙って足を進める。

「ところでここはどこなの？　ローニャ」

「ちょうど王都とドムスカーザの街の中間に位置する森です」

「えー！　そんな遠くに来たの初めて！　綺麗な森だね」

セスははしゃいで尻尾を振り回した。

「精霊オリフェドートのもとにいる妖精が時折来ては手入れをしているそうです。とても美しい森なので、明るい時にももう一度見てほしいくらいですよ」

「へー。でも、精霊の森と比べたら、木の高さが普通だな」

精霊の森の木は、見上げるほど高かったことをよく覚えている。

オレが何気なく言うと、ローニャは「精霊の森ほど、緑が豊かに生い茂った森はありません」と穏やかに答えた。精霊の森が一番ってことか。

「お。あれか？」

進行方向に明かりが見えた。同時に、甘ったるい花の匂いが鼻孔をくすぐる。

ローニャの匂いによく似ているけれど、それよりも濃厚だ。

やがて辿り着いたのは、白い池だった。ほとりにはどっしりとした太い幹の木があって、花がたくさん咲いている。その周囲には白い球体の光が浮いて、池の周りを淡く照らしていた。

その下に白い龍がいて、ローニャが挨拶《あいさつ》をする。

森の主である白い龍は、思っていたより小さかった。ヘビと変わらない。その龍から許可を得て、ローニャとセスは池から水を汲んだ。これがラベンダーの温水らしい。セスは、風呂に入れて使うんだと。

湯水が入った瓶を大事そうに抱えたセスと目が合う。

するとセスは、「チセも入りなよね、お風呂」と咎《とが》めるような眼差《まなざ》しを向けてきた。

なんだよその目は。オレがムッとしていると、ローニャは思い出したように言う。

「あ、セナさんから、チセさんのブラッシングを頼まれていたのでした。帰ったらすぐにしましょう」

ローニャが口にした嫌な響きに身震いした。

ブラッシング。

まじかよ、とローニャを見たが、相変わらずのほほんとしている。

セナの奴、余計なことを……

露骨《ろこつ》に嫌な顔をしていたら、別の甘い香りが漂《ただよ》っていることに気付いた。

「林檎の匂いだ」

そう口にすると、龍は林檎がなっている場所を教えてくれた。

ローニャに今日のデザートは林檎がいいと言うと、頷《うなず》いてくれた。

でも、喜んでいられたのは束の間。

「では、家に帰って入浴が終わりましたら、ブラッシングですね。そのあと夕食を食べて、デザートにしましょう」

「……」

ローニャに言われて、デザートのためにブラッシングを我慢しようと腹を括《くく》った。

オレは林檎を取ってきて、すぐにローニャの魔法で家に戻る。

まずオレが入浴することになり、その間にローニャは飯を作るらしい。セスにラベンダーの温水をすすめられたが、そんな甘ったるい香りの湯に入りたくないと却下した。

バスルームに入り、獣人の姿のままゴシゴシと全身泡まみれになって、一気に洗い流す。そしてブルブルと身体を震わせて水気を飛ばした。一回じゃあ足りなくて、もう一度身体を震わせる。

ゴワゴワになった毛をタオルで拭《ふ》きながら、部屋に戻ろうとして気付く。

ズボン穿《は》いてねーや。

普段は全身が完全に乾くまで部屋で素っ裸で待つのだが、ローニャがいるから穿《は》かねーとな。

バスルームを出ると、ローニャが部屋に入ってきた。ズボンを穿《は》いておいて正解。ローニャの手にはブラシが握られている。ブラッシングの時間だと思うと、身体が強《こわ》張《ば》った。

「どうしてそんなに身構えるのですか？」

「……毛が絡むと痛いんだよ」

「絡まないように、普段から丁寧にブラッシングすればいいのです」

ローニャは微笑むと、クッションに腰かけた。それからトントンと自分の膝を掌《てのひら》で叩く。

膝の上に来い、ということか。

オレはブルブルと震えた。

セナに押さえ付けられてブラッシングされた過去が頭をよぎる。

痛かった。クソ痛かった。でもなんでか、気付いた時には気持ち良く寝てたっけ。

オレはしぶしぶローニャの前に背を向けて座った。

するとローニャは、魔法で温風を生み出してオレの毛を乾かしていく。それから、背中にブラシを当ててきた。

ビクッと身構えたが、ローニャは慎重に梳《と》かしてくれる。おかげで少し絡まっても毛が引っ張られる痛みはなかった。

ふむ、これなら別にいいか。

頭や腕まで梳《と》かして、ブラシが尻尾に来る頃には、オレの機嫌はすっかりよくなっていた。

尻尾が無意識に揺れそうになるのを我慢する。

次は顔をブラッシングすると言われて、オレはローニャの膝に頭を預けて仰向けに寝転んだ。

グリグリと当たるブラシが気持ち良い。なんだこれ。眠くなってきたぞ。

「今日のデザートはなんにしましょうか？」

「んあ？　取ってきた林檎を普通に切ってくればいいぜ」

「チセさんは本当に果物が好きですね」

クスクスと笑う小さな声も、穏やかな声も眠気を誘う。

でも、夕食のあとに林檎があることを思い出して睡魔と戦った。ローニャは引き続き話しかけてくる。

「小さい頃から好物なのですか？」

「んーまぁな……てか、十三年前かな」

「……十三年前、ですか？」

小さい頃の好物はよく覚えてないが、果物が大好きになったきっかけは今でもはっきりと覚えている。

「十三年前、かーちゃんもとーちゃんもオレに家から出るなって言い残して戦いに行ってさ。オレは一人、じっと帰りを待ってた。何も食べずに、寝ないように頑張って、待ってたんだ」

ドアを見つめて、膝を抱えて待っていた。

「でもよ。気付いたんだ。遠くの戦いの音が聞こえなくなって、二日ぐらい静かな日が続いて、それで……とーちゃんもかーちゃんも帰ってこないって気が付いた」

もうただいまって、帰ってくることはないって。

「そしたらすげーお腹が鳴ってよ。だから家にある食べものを探したらさ。あったんだ。林檎が三個くらい。かじりついたらすっげー美味《おい》しくてさ。熟してたんだろうな、めちゃくちゃ甘かった。それでなんかさ、嬉しくて堪らなくなったんだよな。んで悲しくもなったんだよな。かーちゃんととーちゃんを失くした悲しみが、やっと涙になって溢《あふ》れてきた。でも美味《うま》くって食べるのは止まんなくってさ。たぶん、一人だけ生き残ったのは悲しかったけど、生きてる実感が持てるのは嬉しかったんだよな。あれがさ、オレにとって生きてるって味だったたと思うんだ」

話しながら濡れてしまった目を拭《ぬぐ》って、ニカッと笑ってみせた。

「林檎を一つ食べ終えてすぐ、シゼが来たんだ。もう誰も開けないと思ったドアを開けてさ。『泣いてる暇があるならこっち来い』って。ほんとまじ、ボスって初めて会った時からかっこいいんだぜ」

「……そうですね。シゼさんはかっこいいです。惚れてしまいますね」

ローニャは優しい微笑みでオレを見下ろしていた。

確かにオレは、ボスに惚れ込んでいる。けど、ローニャはどうなんだろうと、ふと疑問に思った。

「ローニャは、惚れてねーのか？　シゼのこと、男としてどう思ってんの？」

「え？　シゼさんは確かに素敵な男性だと思いますが……私はまだ誰かに恋は……」

そう答えてローニャは苦笑いをする。失恋したばっかだとは聞いていたが、そんなもん関係あるのか。

「素敵だって思ってるなら、失恋したばっかでも恋していいんじゃねーの？　……ま、お前は誰のことでも褒《ほ》めるからわかんねーけど」

リュセのこともかっこいいとか言ってたしな。結局のところ、リュセがいいのか、シゼがいいのか、はたまたセナがいいのかわからない。

誰とも恋をする気がないからこそ、ってことなのかもしれない。

「そういうチセさんは、恋をされているのですか？」

「んー。そういう女にまだ巡り会ってねーな」

「……ふふ。意外です。チセさんなら恋なんてしない、っておっしゃるかと思いました」

「んなことねーよ。リュセみたいに女に言い寄られて喜ぶ趣味はねーだけ」

リュセはナンパされまくるのが嬉しいみたいだった。最近はナンパされたがらなくなったけど。

「そうでしたね」

「男は好きな女を口説き落とすもんだろ」

「積極的な女性もいるものです」

「そうじゃなくてさ。オレはたった一人を見つけて、その女を手に入れたいんだよ」

「あ、わかりました。運命の人を見つけたいのですね」

「そう！　それ！」

オレが言うと、またローニャが笑う。

「チセさんのことが少しわかって嬉しいです。まだまだお話ししていたいところですが、続きは食事をしながらしませんか？」

ローニャはオレの耳をブラシで撫《な》で付けて、それを置いた。

「いや……セスの前でこの話はしない。いろいろうるさそうだし」

「そうですか」

オレは起き上がって背伸びをする。そんなオレに、ローニャはニコリと微笑んだ。

「今日はご所望の通り、林檎はそのまま切って出しますね。でも次からは、生きている味だって言ってもらえるように工夫してみます」

ローニャに笑顔で言われたことに、オレは驚いてきょとんと彼女を見つめた。

「……オレ、お前のこと、本当に好きだ」

林檎の話は、別にローニャに何かしてほしくてしたわけじゃない。だけどオレを喜ばせようとしてくれる、その心が嬉しかった。こういういい奴だから、堪らなく好きになる。

「あ、もちろん……ダチとしてだぜ」

友だち、でいいんだよな。

「私も好きですよ」

そう返してくれるローニャに、オレは満足して両手を広げた。

「よし、じゃあ今日こそじゃれさせろよ！」

「お、お手柔らかに」

「容赦はしない！」

「え？　きゃっ」

ローニャを押し倒して、思う存分頬ずりをする。ローニャの髪が乱れるくらい、頭に、頬に、首にすりすりした。

「も、もふもふはもう充分ですっ」

「あ？　もっとじゃれようぜ」

「ご勘弁を」

ローニャが泣きそうな声を出すから、やめてやった。

「ちょっと痛かったです」

そう言いつつも、ローニャが乱れた髪を整えながらおかしそうに笑うから、オレも腹を抱えて笑う。

「悪い、悪い」

二人で笑いながらダイニングに移動する。

そのあと食べた林檎の味を、オレはたぶん忘れないだろう。

7　閑話　王と精霊。

人間の王が治めるオーフリルム王国の純白の城。

その中にある大広間の中心に、召喚陣が描かれている。

これは魔法契約で結ばれた者同士が、相手を呼び出すために使う召喚陣だ。

玉座の前に描かれたこれを使ったのは、魔導師グレイティア。

召喚されし者は、精霊オリフェドート。

鹿の角に似た白い枝の冠《かんむり》を被った長身の男が、光とともに現れる。瞳は美しいペリドット色で、長い髪は蔦《つた》色だ。

シルクのようになめらかな羽織《はお》りを身にまとったオリフェドートは、拒絶の意思を表すように腕を組み、こうべを垂れる王を見据えた。

その傍らには、ローニャの友であるレクシーとヘンゼル、そして元婚約者のシュナイダーがいた。

王と同様に頭を下げた彼らを一瞥《いちべつ》して、オリフェドートは冷たく告げる。

「なんの用だ、人間の王」

しかしオリフェドートには、この王の用件がわかっていた。グレイティアから、王の命令で呼び出すと知らされていたからだ。

王の命令とあらば従うしかない友のため、オリフェドートは召喚に応じたのだ。

「お呼び立てして恐縮です、精霊オリフェドート。本来ならこちらから出向くべきところなのですが、幻獣ラクレインに阻まれて森に近付くことも叶わなかったのです」

「フン、御託《ごたく》はいらぬ。さっさと用件を言わぬか」

国王ジェフリー・ゼオランドの言葉を、オリフェドートは鼻で笑う。

「……あなたと魔法契約を交わした、ローニャ・ガヴィーゼラの行方を教えていただきたくお呼びいたしました」

「教えぬ！」

オリフェドートはきっぱりと断る。けれどジェフリーは笑みを崩さなかった。

「頑《かたく》ななのですね」

ジェフリーは肩をすくめて話を続ける。

「ご存じかもしれませんが、ローニャとシュナイダーはある女性が原因で婚約を解消しました。事はそれだけでは収まらず、ローニャは失踪してしまったのです。しかしあとになって、ローニャが無実だという証言が出てきましてね。そのあたりのことを明らかにするためにも、ローニャ本人に帰ってきてほしいのです」

そうジェフリーが告げても、オリフェドートは頑《かたく》なな姿勢を崩そうとはしない。

「ローニャを傷付けておきながら、帰ってきてほしいとは何様だ！　ローニャを辱《はずかし》めた時点で、本来であればこの国を砂漠にしてやっているところだぞ！　そうしないのはローニャが望まないからだ！　貴様らはローニャに生かされているのだということを肝に銘じて、彼女に感謝し二度と関わるな！」

怒りを露《あら》わにしたオリフェドートの魔力により、その場の空気が一気に重くなる。

植物を司《つかさど》る精霊の脅しに、ジェフリーは息を呑む。これ以上食い下がれば、国の存亡に関わると判断した。

しかしシュナイダーは諦めず、オリフェドートの目の前で頭を下げた。

「どうか教えてください!! ローニャを、ローニャを取り戻したいのです!!」

「取り戻したいだと？」

より一層低くなったオリフェドートの声に、ジェフリーは顔を両手で覆《おお》った。

「ローニャを突き放したのと同じ口で、よくもそんなことが言えたな！　貴様には絶対に何があっても教えてたまるか！」

「落ち着いてくれ、オリー」

青筋を立てて怒るオリフェドートを、グレイティアが宥《なだ》める。

オリフェドートはグレイティアを一瞥《いちべつ》し、深く息を吐いた。

「なんとも愚《おろ》かな男よ。ローニャを突き放したことをせいぜい後悔して苦しむがいい。彼女の心は、もう二度と取り戻せぬ」

オリフェドートはシュナイダーを見下し、落ち着いた声音で言い放つ。

しかしシュナイダーはなおも食い下がる。

「一生のお願いです！　もう一度だけ機会をください！　オレが間違っていました。ローニャを手放したのは大きな間違いだったと痛感しています！　直接謝罪するためにも、会わせてください！」

「シュナイダー……」

膝をついて頼み込むシュナイダーを見て、ヘンゼルが思わず呟《つぶや》く。

その姿は、一生懸命で健気にも見える。

だが、シュナイダーを信用していない者には、嘘つきが戯言《たわごと》を紡いでいるようにしか映らなかった。

「お前の一生など高が知れている」

凛《りん》としたその声に、シュナイダーは顔を上げた。

この場に割って入ってきたのは、エルフの英雄オルヴィアス。彼は星のように輝く長い髪をなびかせ近寄ってきて、一同に一礼する。

「突然の訪問に重ねて、話の最中に割って入るような真似をして申し訳ない。ジェフリー国王、精霊オリフェドート」

「オルヴィアス……なんの用で参った」

ジェフリーが驚いたように目を見開いて尋ねた。

「魔導師グレイティアの力を借りたい。ローニャをつけ狙う悪魔を封印しようと数日前から追っているのだが、悪魔は逃げるばかりで埒《らち》が明かないのだ。だが魔導師グレイティアの協力があれば確実に封印できると思い、助力を乞いに来た」

オルヴィアスはグレイティアに目を向けてから、許可を求めるようにジェフリーを見た。

「オルヴィアス、そなたはローニャの居場所を知っているのか？」

オルヴィアスの口からローニャの名前が出たことに驚き、ジェフリーは問う。

「……ローニャは無事だ。それだけ知られれば充分なはず」

オルヴィアスにも、どうやらローニャの居場所を教えるつもりはないらしい。それ以上のことは話そうとしなかった。

「オルヴィアス、そうもいかないのだ。誤解や間違いがあったなら、正してやらねばならない。ローニャの居場所を秘密にしたいのであれば、私がそう考えていることを彼女に伝えてもらえないだろうか？」

シュナイダーが彼女の汚名をすすごうとしているのだとわかれば、ローニャ自ら戻ってきてくれるはず。ジェフリーはそう考えていた。

「言伝は預かった。ローニャに会えたら伝えよう」

オルヴィアスはオリフェドートからギロリと睨《にら》まれていたが、毅然《きぜん》とした態度を取っている。

「しかし、伝えるだけだ。ローニャが戻るかどうかは本人が決めること。彼女が望まないのであれば無理強いはできない」

「私を恨んでいなければ、戻ってくれるだろう」

ジェフリーは悲しげに微笑み、一同はシュナイダーに注目した。ローニャが万が一にも誰かを恨んでいるとすれば、それはシュナイダーかミサノである。

「……オレからも言伝を――」

「ローニャに言葉を伝える資格が、自分にあると思っているのか？」

シュナイダーの言葉をオルヴィアスは遮《さえぎ》った。その目は鋭くシュナイダーを見つめている。

シュナイダーは立ち上がってオルヴィアスに対峙した。この二人が一触即発の空気になるのは、いつものことだ。

「どんな風に婚約破棄を言い渡した？　どんな言葉を投げ付けた？　ローニャが最後に聞いた言葉はそれだぞ。そんなお前からの言葉を、ローニャに受け取らせるつもりか」

オルヴィアスはグサグサと突き刺すように言って、シュナイダーの罪悪感を刺激する。

怒りを抱き、ただローニャを恨めしく思って詰《なじ》った。その自覚があるシュナイダーの顔は見る間に歪《ゆが》んだ。

「その顔をローニャの前に晒《さら》すな。次に彼女を傷付けたら容赦はしないぞ」

声を荒らげることなく、オルヴィアスは静かに告げる。けれどその目の中では、激情が燃え上がっていた。

あまりに鋭く激しい瞳に、シュナイダーは気圧《けお》される。

「それで、グレイティアの力を借りる件は？」

オルヴィアスは、話は終わりだと言わんばかりに視線をジェフリーに向けた。彼の問いにジェフリーが答える前に、オリフェドートが口を開く。

「ローニャのためならよいぞ」

「オリー。国王陛下の許可がなければ私は行けない」

困ったように眉を下げ、グレイティアがオリフェドートに言った。

その様子を見て、ジェフリーは苦笑いを漏らしてしまう。オリフェドートが許可したものを、自分に止められるわけがない。

「ローニャの身が心配だ。とはいえグレイティアにあまり長期間不在にされても困る。数日であれば許可しよう。……だが一つ聞きたい。そなたはジンの王の護衛を任されていたはず。その仕事はどうなった？」

「いつものようにジークハルト王が散策を始めたので、俺だけ先に任を外してもらった。そちらの騎士達もそのうち戻るだろう」

「相変わらずだね……」

ジンの王ジークハルトは大の散策好き。その自由すぎる行動のせいで心配にもなるが、彼の豪快な笑顔を思い浮かべると緊張が緩む。

「フン。では我は帰らせてもらう」

ジェフリーに何かを言う隙も与えず、オリフェドートはさっと姿を消す。

そんなオリフェドートの態度に、ジェフリーは息を深く吐いた。

オリフェドートはもともと人間に対して好意的ではない。彼が心を許す人間は、たった二人だけ。

「それでは行って参ります、陛下」

「失礼する」

グレイティアが一礼して、オルヴィアスとともに大広間をあとにした。

「……はーあ……なんてことだ」

彼らを見送ったジェフリーは大きく息を吐く。

ヘンゼルもレクシーも、ローニャの居場所を聞けずに落胆した。

「お前も悪魔を見習って、国の端から端までしらみ潰しに捜したらどうなんだい？　シュナイダー」

ジェフリーはつい、そんなことを言った。この大きな国をあてもなく捜し回るなんて無謀すぎる。現実的でないことはわかっていたが、そうでもしなければローニャを見つけ出せないように思えた。

「そんな、なんのあてもなく……」

「あてならあるじゃないか。あの悪魔が出没した先を調べればいい。それでもだめなら諦めるしかないな……」

「いえ、諦めません！」

ローニャをそっとしておくことが国のためになるのではないか。そう考え始めていたジェフリーを、シュナイダーは意志の強い瞳で見つめたのだった。

第3章 ❖ 打ち明ける。

1 忘れん坊。

悪魔の罠にかかってから五日目の朝は、快調だった。

清々《すがすが》しい気分で獣人傭兵団さんの朝食を作って掃除をしたあと、まったりとお昼寝する。まだうとうとしやすいけれど、今日はお昼寝をする皆さんを眺める余裕があった。

向かい側のソファーに横になるのは、緑のジャッカル、セナさん。読んでいた本を腕に抱えたまま眠っている。ふっくらボリューミーな尻尾は、ソファーに収まりきらず床に垂れていた。

その近くで床に手足を投げ出して豪快に眠っているのは、青い狼のチセさん。昨夜は激しくじゃれられた。洗いたてのもふもふは一段と気持ち良いもの。それにもふもふをブラッシングするのは楽しかった。またやらせていただきたい。

私のそばにソファーを持ってきて、丸くなって眠ろうとしているのは、真っ白なチーターのリュセさん。手が届きそうなくらいの距離で長い尻尾がふーらふらと揺れていて、捕まえたくなる。

そして私が横になっているソファーのすぐ下では、真っ黒な獅子のシゼさんが寝そべっている。横になった私の目の前にちょうど鬣《たてがみ》があって、つい触れたくなる。できればもう一度だけでも、そこに顔を埋めたい。けれどそんなことをしては起こしてしまうと、我慢しながらゆらゆらと眠りに落ちた。

話し声がして目を覚ました。このお屋敷に滞在させてもらってからというもの、お昼寝のあと出勤する獣人傭兵団さんを見送れていない。今日こそはと思って、私は勢いよく起き上がった。

「びっくりしたー。どうしたのお嬢」

ソファーから腰を上げようとしたリュセさんが、飛び起きた私を見て笑う。

「お見送りをしようと思いまして……」

「そんな気を遣わなくていいよ」と本を読んでいたセナさんが言う。

今日はセナさんが私の警護についてくれるという。セナさんとセスとともに玄関まで行って、出勤する皆さんをお見送り。

「怪我には気を付けてください。いってらっしゃいませ」

「いってきまーす」

「……いってくる」

「おう」

リュセさん、シゼさん、チセさんが返事をして、仕事に向かう。それを笑顔で見送ろうとした時、お客さんがやってきた。

「やぁ、こんばんは。これから仕事かい、いってらっしゃい」

そう言って現れたのは、この街の領主であるリース男爵様。

「男爵だ。なんの用だよ」

つれない態度のリュセさんに、リース男爵様は肩をすくめる。

「なんの用とは冷たいね、リュセ君。ローニャお嬢さんに少し話があって、会いに来たんだ。いいかな？」

私に話が——そう聞いてヒヤヒヤする。途端に魔法の効力が強まって眠気に襲われたけれど、気持ちを落ち着かせて微笑みを保つ。

「私は構いませんが……」

「二人きりで話をさせてもらえるかな」

うかがうようにセナさんを見ると、彼は少し考える様子を見せてから口を開いた。

「……談話室で話しなよ。僕は部屋で待ってる」

男爵様はセナさんが部屋に戻るのを見届けると、シゼさんのほうを向いた。

「あ、シゼ。この前のお酒はどうだった？」

「……明日飲む」

「ふーん、そうかい」

男爵様はシゼさんとそれだけを交わして中に入る。リュセさん達は気にする素振りを見せたけれど、シゼさんに続いて仕事に向かった。

私は男爵様とともに談話室に入って扉を閉める。

「コーヒーを淹《い》れましょうか？」

「ここでは君も客人だろう？　気を遣わなくていい」

談話室はどちらかといえば寝室として利用されている部屋なので、こういう風に使うのはちょっと変な感じがする。

「さっそくだけれど、この前はごめんね。驚かせてしまっただろう」

ソファーに向かい合って座るなり、男爵様は謝罪した。

男爵様は、私の素性を知っているらしい。以前店に来た時、彼は私のことを『ガヴィーゼラ伯爵令嬢』と呼んだのだ。この街の誰にも言っていないはずなのに。

不安が込み上げてきて、また眠気に襲われる。必死に気持ちを落ち着けて眠気を追い払い、私は口を開いた。

「はい……驚きました。祖父からは、男爵様はきっと私のことを知らないだろうと聞いていましたので……」

「確かに私は長らく社交界から離れていたからね。君のことは知らなかったよ」

リース男爵様が笑顔で言う。私を知らなかった。ではどうして知ったのだろうか。

「実は先日、かの有名な英雄、オルヴィアス様が訪ねてきたんだ」

男爵様の口から出てきた名前に、私も驚いてしまう。

「身分を隠してこの街を訪れることが増えるって、あらかじめ知らせに来てくださったんだ。その時、挨拶《あいさつ》も兼ねて君の事情を少し話してくれてね。ああ、君の素性については伏せるように頼まれたから、シゼ達にも話していない。安心してくれ」

そう言われて、私は肩の力を抜いた。その直後、男爵様が口にした名前にまたもや驚かされる。

「しかも、そのあと魔導師グレイティア様も訪ねてきてね。悪魔の件について聞いたよ。街に悪魔が入れないよう、結界を張らせてもらいたいと言われたんだ。とはいえ、彼は王に仕えるほどの魔導師だろう？　君のためとはいえ、街を覆《おお》うほどの結界を無償で張ってもらうにはいかない。かといって正当な報酬《ほうしゅう》を支払う余裕はなくてね……申し訳ないけれど断った」

「……私が悪魔を招いたばかりに、迷惑をかけて申し訳ありません」

私は頭を深く下げた。リース男爵様には、領地である街を守る義務がある。そこに悪魔が足を踏み入れたと聞いただけでも心配だろう。気苦労を増やして申し訳ない。

「君が謝ることではないよ。迷惑だからこの街を出てってくれと言いに来たんじゃない。大丈夫だよ」

男爵様が温かく笑ってくれたので、私はまたもや力を抜く。

「ここで獣人傭兵団が守ってくれているそうじゃないか。それで今のところは充分だよね？」

「はい。獣人傭兵団さんにはとてもよくしてもらっています」

「それはよかったね」

男爵様は、また温かく見守るような笑みを浮かべる。

「悪魔が派手に街を荒らすようなら、魔導師グレイティア様に改めて対処をお願いしようと考えている。まあ、オルヴィアス様が追うと言っていたから、悪魔も当分この街には戻ってこないと思うけど」

「え？　オルヴィアス様が、ですか？」

どうやらオルヴィアス様も、どこかで悪魔の件を聞いたらしい。

リース男爵様の言う通り、オルヴィアス様に追われている限り、悪魔ベルゼータが現れることはないだろう。オルヴィアス様に会えたら、礼を言わなければ。

オルヴィアス様に追われるベルゼータが泣きべそをかいている姿が、脳裏に浮かんだ。英雄オルヴィアス様と対等に戦えるわけもなく、ベルゼータは逃げ惑うしかないでしょう。

「あれ？　不安そうな顔をしてどうしたんだい？　あの百戦錬磨《ひゃくせんれんま》のオルヴィアス様が追い払ってくれるなら心強いだろう？」

「ええ。はい……心強いです」

ベルゼータへの同情が顔に出てしまったらしい。慌てて取り繕《つくろ》って笑みを浮かべた。

「オルヴィアス様とリース男爵様は、以前からお知り合いだったのですか？」

「私だって、以前はちゃんと定期的に社交界に顔を出していたんだよ？　だから顔見知りではあったたし、十三年前のことがあってからは、オルヴィアス様はドムスカーザのことを気にかけてくださっているんだ。あ、戦争の話は聞いているかな？」

十三年前――ドムスカーザの街と獣人の村が力を合わせて、犯罪組織と戦った戦争があった。

私はセナさんから聞いていると答えた。

「ひどいものだったよ……人間も獣人も売るために捕らえられて、ものは盗まれて家は壊されて……そんな状況を終わらせるために立ち上がったんだ」

「リース男爵様も、指揮官の一人として戦ったそうですね」

「ああ、そうなんだ。シゼの父親が騎士だったたってことは聞いたかい？」

「はい」

「私の良き友だった。彼のおかげで戦争に勝ったようなものなんだ。最後は……私の腕の中で息絶えたよ」

そう語るリース男爵様の目には、悲しみが浮かんでいた。

私は何も言えなくて、ただ男爵様の瞳を見つめて話に耳を傾けた。

「すべての戦いが終わったあと、要請していた援軍が王都から来たんだ。でも、戦いが終わってからじゃ遅すぎる。そう憤《いきどお》った私は、すぐにジェフリー王と会って彼に八つ当たりしてしまったんだよ。『なぜ援軍が遅れた！　最果ての街などどうなっても構わないということか！』ってね。爵位を剥奪《はくだつ》される覚悟で怒鳴ったよ。その場には私とジェフリー王しかいないと思っていたんだけど、オルヴィアス様はたまたまそれを聞いてしまったらしく、以来気にかけてくださるようになった。十三年前のちょうどあの時期、国軍はオルヴィアス様の要請でジンの救出を行《おこな》っていたそうだ。だからドムスカーザへの派兵が遅れたのだと、オルヴィアス様から説明された」

ジンは人に幸福感を与える種族。その特殊な能力ゆえに、百年前まで奴隷として拘束されていた悲しい過去を持っている。

ジンを奴隷の身分から解き放ったのは、エルフの国ガラシアと人間の国オーフリルム。二つの国は自分達の国の間にジンの国アラジンを作って、今でもジンを守っている。悲しいことに、ジンを狙った犯罪はまだ横行しているのだ。

そんなジンの救出と援軍の要請が重なってしまったことは、タイミングが悪かったとしか言いようがない。けれど、リース男爵様が社交界を敬遠するのも理解できる。

「ああでも、一応ジェフリー王とは仲直りしたんだ。たまに文通をしているよ」

やりきれない気持ちでいた私に、男爵様は微笑みかけてくれる。

「ま、オルヴィアス様が私に会いに来た理由はそういうところにもあるのかもしれないって話だ。長くなってしまったけれど、伝えたかったことはこれくらいだね。話せてよかったよ」

「はい。私も教えていただけてよかったです」

「うん、よかった。君の素性は誰にも話さないし、追い出しもしない。もちろん、陛下にだって報告しないと約束しよう」

「ありがとうございます、リース男爵様。お心遣い感謝いたします」

男爵様とともに立ち上がり、深々と頭を下げれば、その頭にポンッと手が置かれた。

「もう令嬢ではないのだから、もっと楽にしていていいんだよ」と笑いかけてくれる。

私は曖昧《あいまい》に微笑んで、リース男爵様を玄関まで見送った。

男爵様の乗った馬車が見えなくなると、私はふーっと深く息をついて扉に凭《もた》れてしまう。

「……国王陛下と文通をする仲……か」

リース男爵様は、陛下に報告しないと約束してくれた。だがそれは、自分からは言わないけれど、陛下に聞かれたら答えてしまうという意味にも取れる。国王陛下に嘘をついたら、爵位剥奪《はくだつ》どころではすまないだろうから、黙っていてもらえるだけでもありがたいことなのだけれど。

「まあ、お兄様にはもう知られてしまったのだから、考えても仕方ないわね」

一番居場所を知られたくない人には、もう知られてしまったのだ。今更深く悩むことはないと、すぐ気持ちを切り替える。

万が一国王陛下に居場所を知られたとしても、何が起きるわけでもないだろう。

気にすることはないと、セナさんの部屋に向かった。

扉をノックして開けると、セナさんはソファーで読書をしていた。その隣に座って、私も読書を始める。

するとセナさんの尻尾が膝の上に置かれたので、もふもふと撫《な》でさせてもらった。

「随分《ずいぶん》長かったね。なんの話だったの？」

「えっと、悪魔に狙われているからといって、私を追い出さないから安心してほしいというお話でした」

「……ふーん」

相槌《あいづち》を打って、セナさんはページをめくる。

私の素性も明かしてしまいたいところだけれど、それは皆さんが揃っている時にしたい。

そう思っていたら、セナさんが唐突に話を振ってきた。

「……英雄オルヴィアスと知り合いなんだって？」

「っ⁉」

私は驚いて肩を震わせる。

「だ、談話室での話を、聞いていたのですかっ？」

獣人は人間よりも優れた聴覚を持っている。まさか盗み聞きしていたのでしょうか。

「聞いていたわけじゃないけど……二日前だったかな、オルヴィアスが家の前にいて話したんだ」

「あ、オルヴィアス様がいらっしゃっていたのですか……」

「うん。名乗らなかったけれど、彼が腰に携《たずさ》えてる剣で気付いた。前に本で見たことがあったから」

「すごいですね……たぶん、普通の人は剣をパッと見ただけでエルフの国宝だとは気付けないと思います」

「別に、普通だと思うけれど。まさか実物を目にするとは思わなかったよ。それで……英雄オルヴィアスとはどんな関係なの？」

答えにくい質問をされて、私は考え込んでしまう。

「昔からの、知り合いです……」

社交界デビューしてからの顔見知り。だけどまさかそんな風に説明するわけにもいかない。

「ロト達と、たまに他所《よそ》の蓮華草《れんげそう》畑の手入れをするのですが、そこでたまたま会いまして……それから少し親しくなりました」

求婚されたことも伏せておく。

セナさんは本のページを見つめたまま、「ふーん」と相槌《あいづち》を打つ。それから黙り込んでしまった。

不自然な沈黙だ。普通なら根掘り葉掘り聞きたいはず。なんといっても、相手はあの英雄オルヴィアス様。彼について聞きたいことは山ほどあるだろう。

どうすればいいかわからずそわそわしていると、セナさんが先に沈黙を破った。

「シゼの宿題は、答え、わかったの？」

「え？　……いいえ、まだ」

「……まさか、忘れてたの？」

忘れていました。寝てばかりで、考えている暇がなかったのです……とは言えない。

今度は私が不自然に黙り込んでしまう。

「ま、いいや。今は物語を楽しみなよ」

そう言って、セナさんは私に頬ずりしてじゃれてきた。異性に頬ずりされるなんてちょっと照れくさく思いながらも、私も喜んですりすりした。

もふもふしてなめらかな触り心地で、柔らかい毛がくすぐったい。私も大分、慣れてきた気がする。もふもふが堪らない。

それからしばらく読書をしていると、妖精ロトがやってきた。彼らは特に何をするでもなく、一緒にソファーに座ってポーとしている。

そんなロト達を、セナさんが尻尾で小突いて遊ぶ。

その様子を眺めながら、私は穏やかな時間を過ごしたのだった。

2　美味《おい》しいお酒の飲み方。

翌日。お昼寝から目を覚まして、愕然《がくぜん》とした。

「……また忘れたっ」

獣人傭兵団さんをお見送りするつもりが、またもやもふもふお昼寝を満喫しすぎてしまった。

「何をだ」

今日の警護担当であるシゼさんが問う。他の皆さんはもう仕事に向かってしまったらしく、談話室でシゼさんと二人きり。

「皆さんをお見送りしたかったのですが……また眠ってしまって」

「……そうか。明日でもいいだろう」

明日こそは忘れないようにしよう。

せっかくだから、この数日のお礼を兼ねてご馳走も作りたい。

「今日こそは、酒を飲むぞ」

そう言ってシゼさんは、ふっくらした純黒《じゅんこく》の手を差し出した。

今日は精霊の森でオリフェドートとお酒を飲む約束をしている。セスも誘ったのだが、遠慮すると言って先ほど出かけてしまった。

私は差し出されたシゼさんの手に自分の手を重ねて、トンッとブーツの踵《かかと》で床を叩く。

瞬間移動の魔法陣が現れ、光が私達を包んだ。

次の瞬間目に入ってきたのは、真っ赤な夕陽に照らされた深みのあるエメラルドグリーンの森。空を覆《おお》い隠すほど茂った木々の隙間から、暖かい光が差し込んでくる。

「オリフェドートを捜しましょう」

私は目を閉じて、彼の気配を捜す。魔法契約で結ばれていると、こうしてお互いの居場所を感じることができるのだ。

「あちらです。行きましょう」

シゼさんと手を繋いだまま、茜色の光が照らし出す森を進む。

「ふふ。なんだかこうしていると、デートみたいですね」

ふっくらぷにぷにの手を握りながら言うと、シゼさんもそっと握り返してくれる。

「……そうだな」

ぷにぷにの肉球を掌《てのひら》に感じながら、穏やかな夕陽を浴びてオリフェドートのもとへ歩いていった。

歩きながら、美味《おい》しい空気を胸いっぱいに吸い込む。

オリフェドートの気配を辿っていくと、木の妖精が集まっている場所に来て、行く手を遮《さえぎ》られた。

けれど、妖精達は私に気付き、すぐに脇へ避《よ》けて通してくれる。

彼らは一見大きな枯れ木のようだけど、よく見ると目や鼻、口がついている。全身が焦げ茶で、腕は地につくほど長い。その手に触れて、「こんばんは」と挨拶《あいさつ》しておく。

木の妖精の間を通っていくと開《ひら》けた場所に出る。そこには一際大きく真っ白い木があった。

これは精霊の木と呼ばれるものだ。淡く茜色に照らされた神秘的なそれに、オリフェドートが凭《もた》れるようにして眠っていた。遠目から見れば、彼は精霊の木の一部にも見えてしまう。

シゼさんと目を合わせてからそっと手を離してもらい、一人でオリフェドートのそばに歩み寄る。

けれどオリフェドートは目覚めない。私は、若々しい枝のような彼の手に右手を重ねた。

「オリー」

彼に認められた者しか呼べない愛称で、優しく呼びかける。

そうすれば、パチッと瞼《まぶた》が開いて、ペリドットのような瞳がこちらを見つめた。

「……我が友、ローニャか」

オリフェドートがそう言って顔を綻《ほころ》ばせるので、私もつられて微笑んだ。

オリフェドートは木が軋《きし》むような音を立てて伸びをした。淡い若葉色の長い髪が、その動きに合わせて揺れる。

眠っている時はなんだか儚《はかな》い存在に思えてしまうけれど、彼は世界中に緑を与える偉大な精霊。

「待ちくたびれて寝てしまった。さて宴《うたげ》をしようぞ、ローニャ、シゼよ」

パンパンッ、と手を叩くオリフェドート。

それを合図に、妖精や生きもの達が続々と現れる。

てっきりシゼさんと私とオリフェドートの三人で飲むのかと思っていたけれど、森の皆で大宴会をするらしい。

最初に広場にやってきたのは、平べったい身体とひらひらとしたヒレで宙を泳ぐ森マンタ。

名前はレイモン。彼は青と緑のグラデーションの身体を使って、ふんわりと私を包み込んだ。これがレイモンの挨拶《あいさつ》だ。ひんやりして気持ち良い。

「こんばんは、レイモン」

満足したのか、レイモンはひらっと宙を舞って離れていった。

次は池の妖精が二人、私の前でスカートを翻《ひるがえ》した。蛙《かえる》によく似た肌をした、まん丸体形の妖精ケビンとスティービー。悪戯《いたずら》っ子の彼らは、いつもなら挨拶《あいさつ》代わりに水をかけてくるところだけれど、今日は大きな葉をお皿にして果物を運んでいた。

ロト達も果物をたくさん持って、一生懸命ケビン達に続く。チセさんが見たら喜びそうな光景だ。

百合《ゆり》の妖精が、仄《ほの》かに光を灯す鬼灯《ほおずき》を引っ張り出した。赤、橙《だいだい》、黄、と暖色系に光る鬼灯《ほおずき》達を広場全体を照らすように飾っていく。

一人の妖精が私の周りを一周するから、私も楽しくなってくるりと回った。

するると森の仔猫フェーリス達が舞い上がり、私のスカートに飛び込んで遊びながら駆けていく。それから鬼灯《ほおずき》を揺らし、颯爽《さっそう》といなくなった。

続いて、蛍の妖精が現れる。でも、あまりに明るく光っているので、全貌が見えない。光の玉から小さな手足がかろうじて見えるくらい。彼らも誘うように私の周りを回るので、また一緒にくるりくるりと回った。

光る妖精と鬼灯《ほおずき》の明かりで、その場はあっという間に色とりどりの暖かい光で照らされた。

精霊の森の宴《うたげ》の始まりだ。

妖精の歌声や生きものの鳴き声に合わせて、皆が踊り出す。指示を出していたオリフエドートも一段落したのか、私の手を取って踊り出す。

「そういえば、ラクレインの姿が見えませんね」

「ラクレインは見張り役だぞ」

「そうなのですか、残念ですね」

ラクレインは森を守る番人。森に害をなす侵入者がいないか見張っていないといけないから、宴《うたげ》には参加できないらしい。寂しいけれども仕方ない。

「さぁさぁ、まったりと座って待っているがいい」

オリフェドートは踊りをやめて、私の手を離した。

「ローニャ、こっちに来い」

低い声に呼ばれて振り返ると、そこにはシゼさんが両膝を立てて座っていた。

シゼさんのほうへ近付いてみれば、すぐそばの地面をポンポンと叩かれる。

そこに座れということらしい。とても近い……そう思いながらも、ちょこんと隣に座らせてもらった。

私はまず、今日集まっている妖精についてシゼさんに話す。百合《ゆり》の妖精、蛍の妖精、池の妖精を紹介していると、千年芋虫さんがフィー達を連れてきた。

それに続いて、大きなハリネズミがやってくる。針の色は黄緑で、一見大きな茂みのように見える。けれどうっかり触ったらチクッと刺さって怪我をしてしまうかもしれないと、シゼさんに注意をしておいた。

ハリネズミ達は群れでやってきて、皆をぐるっと取り囲む。

妖精も生きものも、見慣れないシゼさんを警戒して遠巻きにしている。

そのことに気付いたオリフェドートは、シゼさんのことを「ローニャの友だ！」と盛大に紹介した。

彼はシゼさんが持参したお酒を気に入ったらしく、上機嫌な様子だ。何度も乾杯をしては妖精と歌い、踊り、花びらを舞い上がらせる。

それを眺めていると、ロトが私達にタンポポに似た綿毛を運んできた。それは両手から溢《あふ》れるほど大きく、仄《ほの》かに光っている。

「これを空に放つのです。そうすれば、どこかで芽吹くのですよ」

ロトから綿毛を受け取りながらシゼさんに説明して、一緒に放とうと提案する。

私が受け取った綿毛は水色、シゼさんのは金色だ。両手にそれを載せて、そっと二人で空へ舞い上げた。

色とりどりの鬼灯《ほおずき》に淡く照らされた空間に、無数の光る綿毛が浮かぶ。それらは風に乗り、すっかり暗くなって星が瞬《またた》く空に吸い込まれていった。

幻想的で夢のような光景を、私は微笑んで見つめ続ける。

「セナ達も連れてこられたらよかったんだがな」

「そうですね、皆さんにも見てほしかったです」

仲間想いなシゼさんの言葉に、つい微笑みが零《こぼ》れる。

その時、シゼさんから小さな器が差し出された。入っているのは、シゼさんが持ってきたお酒のようだ。

「酒の飲み方を教えてやる」

「お酒なら飲めますが……」

「一口、飲んでみろ」

言われるがままに一口飲んだ。仄《ほの》かな甘みが舌を流れていき、じわっと喉が熱くなる。

「ん……美味《おい》しいです」

オリフェドートが上機嫌になるのもわかる。ワインやシャンパンとはまた違う、フルーティーな美味《おい》しさだ。

「ゆっくり飲むんだ」

耳元で囁《ささや》くように、低い声が告げる。その声に夢心地になるのはなぜだろうか。

お酒のせいか、幻想的な景色のせいか、視界が淡い光でキラキラと揺らめく。

「もう一度」

促《うなが》されて、また一口お酒を含む。心地いい美味《おい》しさに酔いしれていると、シゼさんの指先が私の頬にスルッと触れた。それからすりすりとそこを撫《な》で、輪郭をなぞって、耳を摘ままれる。

私はくすぐったくて、クスクスと笑ってしまう。

ますます楽しくなってきて、私は器の中のお酒を飲み干そうとした。でも、いつの間にか肩の後ろに回された腕に止められる。

「ゆっくりだ」

シゼさんは自分の分のお酒を口に含んでから、私に果物を差し出した。

それを受け取って、私は静かに口を開く。

「私が悪魔から森を救った話はご存じですよね。あの時傷付いた植物の中には、新たに生まれるために、こんな風に光になって舞い上がっていったものがありました。美しい光景でしたよ、それはもう、今以上に」

瞼《まぶた》を閉じれば、今でもあの光景を思い浮かべることができる。淡く、確かに輝く光。

「オリフェドートは植物を司《つかさど》る精霊。だから植物の命は、ここから世界へと飛んでいきます。世界のどこかで芽吹き、絶え、そしてまた生まれ変わって咲き誇るのです」

シゼさんはまたクイッと器を傾けてお酒をあおる。

「私も、死んだらこの森で生まれ変わりたいです」

顔を綻《ほころ》ばせてシゼさんのほうを向くと、琥珀《こはく》色の瞳が思った以上に近くにあった。

真っ黒な鼻とくっついてしまいそう。

「シ、シゼさんの来世は？」

近すぎる距離を誤魔化《ごまか》すように問うと、シゼさんは怪訝《けげん》そうな顔をしつつも答えようとしてくれる。

「おかしな話題だな……。オレは今のことしか考えられない」

私はそうですよね、とクスクス小さく笑う。

「また同じ場所で同じ仲間と過ごすことになっても、オレは飽きない」

そう言うシゼさんを眩《まぶ》しく思いながら見つめていると、オリフェドートが近付いてきた。

「ほれ、我が友よ。もっと飲むがいい」

オリフェドートは私の器に酒を注《つ》ぎ、上機嫌でまた踊りに行く。

なみなみと注《つ》がれたので、お酒がちょっと零《こぼ》れて指先が濡れてしまった。

シゼさんがその手を取って、ざらついた舌でペロリとお酒を舐《な》めた。

呆気に取られて、琥珀《こはく》色の瞳をポーッと見つめてしまう。この幻想的な宴《うたげ》の光を受けて、シゼさんの瞳は星が瞬《またた》くように光っている。

「ほら、もう一口」

シゼさんに促《うなが》されて、お酒を喉に流し込んだ。私の身体にポッと灯る熱が、心地いい。

「美味《うま》いだろう？」

「はい……」

深く息を吸って吐き出し、その熱の余韻に浸る。

「シゼよ。こっちの酒も飲むがいい」

木の器を手に戻ってきたオリフェドート。この森特製のお酒が入ったそれを差し出してくる。

以前私も飲んだことがある。見た目も匂いも蜂蜜《はちみつ》のようだが、なかなか強いお酒だ。

シゼさんがそれを飲む姿を、私はじっと見つめた。

「……美味《うま》い」

「美味《うま》いだろう、美味《うま》いだろう！」

シゼさんの感想に満足して、オリフェドートはまた妖精達の輪に入っていく。

本当にご機嫌だ。その様子を見ているだけで、私も嬉しい。

「ローニャも」

シゼさんが森のお酒が入ったコップを差し出してきた。

すすめられるままそれを飲んだ。蜂蜜《はちみつ》の香りが口に広がり、まろやかな熱さが喉を通り過ぎていく。これもまた美味。

「美味《うま》いだろう？」

低い声が耳に響いて、ゾクッとした。

ポーとしながら、コクンと頷《うなず》く。

すると鬣《たてがみ》をすりすりとすり寄せられた。きゃーと興奮しながら、私も頬ずりを返す。

そのままもふもふに埋まってしまいたくて、シゼさんに寄り添って凭《もた》れかかった。

「ここに住みたいのか？　ローニャ」

精霊の森のお酒を分け合いながら、歌い踊っている妖精を眺めてシゼさんの声を聞く。

周りは騒がしいはずなのに、シゼさんの声が静かに響いてくる気がするのは、酔いのせいでしょうか。

「それもまたいい生活でしょうね。気ままで……まったりもできるでしょう」

苦労なんてものはきっとない。好きなだけ眠って、植物の世話をして、妖精や幻獣と遊んで、そしてまた眠るまったりとした生活。

「……でも、私は……」

一口、蜂蜜《はちみつ》のようなお酒を喉に流し込む。

でも、私には喫茶店がある。時には目が回りそうなほど忙しいこともあるけれど、昔に比べれば平気。やりがいもあるし、楽しくて充実した日々を過ごせている。

お酒と同じ色をしたシゼさんの瞳を見つめて、真っ黒な頬に一つ口付けをする。

どうしてそんなことをしたのかわからない。なぜかしら、気分がとってもよかったから。

するとシゼさんの目がギラッと光った気がした。顎《あご》を掴まれて、顔が近付いてきて、それから、それから……。

──そのあとの記憶はなかった。

気付けば朝陽に照らされて、シゼさんの腕の中で眠っていた。またもやシゼさんと一夜を過ごしてしまったらしい。

純黒《じゅんこく》の獅子さんは、私を黙って見つめている。それに気付いて、お酒を飲んだ時のように熱が顔に広がった。

「お、おはようございます」

「おはよう」と低く、静かな声が返ってくる。

おろおろしながら起き上がって、髪の毛を整える。肩にはシゼさんの上着がかけられていた。

あれだけ賑《にぎ》わっていた広場は、昨夜と違って閑散としていた。妖精達も、もうそれぞれ寝床に戻ったのでしょう。

「覚えているか？　昨夜のこと」

シゼさんも身体を起こしながら尋ねてくる。

「……覚えてません」

記憶が飛ぶほど飲んだのは、生まれて初めて。

何かマズいことをしてしまったのではないかと身体を強張《こわば》らせていると、シゼさんが笑った。

彼がこんなにはっきり微笑むところを、私は初めて見る。片方の口角を上げたその笑みは、私の目に色っぽく映った。

ふっくらした黒い手が伸びてきて、私の唇に爪がそっと当てられる。

「思い出してみろ」

頬がとけて落ちてしまいそうなほど、顔がじゅわりと熱くなった。

最後の記憶は、シゼさんが顔を近付けてくるところ。

そのあと何が起きたかは予想できる。なのにどうしてはっきり教えてくれないのだろう。意地悪だ。

「まだ昨日の問いの答えを聞いていない。どうするんだ？　ここに住むのか？」

シゼさんに問われて、精霊の白い木を見上げ、ペリドット色の森を眺める。

「住みたいとは思いますよ。でも、私はまだ喫茶店を営業していたいのです。シゼさん達だって、これからもランチに来てくれるでしょう？」

獣人傭兵団さんが立ち寄ってくれる、私の大切なまったり喫茶店。最初は自分がまったりしたくて始めたお店だったけれど、今は彼らにとっても、心安らかにまったりできる場所であってほしいと思っている。

「兄に見つかってしまいましたけど、シゼさん達のおかげで想像していたほど怖いことは起きませんでした。だから、私は変わらずまったり喫茶店の店長でいようと思います。皆さんのいる、あの街で」

私は悪戯《いたずら》っぽく笑いかける。

先延ばしにしていたことだけれど、答えはすぐに決まった。

兄に見つかって、怒鳴られてしまったけれど、あれきり何も起こっていない。きっと兄は私に呆れて、いよいよ見放したのだ。もう二度とやってこないに違いない。

兄がやってきたことをオリフェドートが知れば、ここに住もうと誘ってくれるだろう。けれど、私は喫茶店のことを理由に断ろうと決めた。

「……兄に、見つかっただと？」

急に聞こえてきた別の声に、私は弾かれたように顔を上げる。

そこには、翼を引きずって歩み寄ってくるラクレインがいた。

「兄に見つかったとはどういうことだっ！　聞いていないぞ！　いつ……だからシゼ達

の家に匿《かくま》われていたのか！　なぜ早く言わなかった‼　なぜ我に黙っていた‼」

　ぶわっと羽根が逆立って、ライトグリーンの瞳からは燃えるような激情が感じられる。

ラクレインの黒い唇は大きく開いて、鋭利な牙《きば》が露《あら》わになる。怒りが込められた魔力を肌にひしひしと感じた。

「奴のことだ、またお前を傷付ける言葉ばかり投げ付けたのだろう！　八つ裂きにしてくれるっ！」

「や、やめて、ラクレイン！」

ラクレインは、兄を襲うつもりだ。

私は飛び立とうとするラクレインを止めようと、駆け寄ってしがみ付く。

「なぜ止める⁉　奴はお前を貶《けな》してばかりだ！　お前の実力を知ろうともしないで、怠《なま》け者と罵倒《ばとう》するじゃないか！　奴はお前の心を引き裂くのだから、我があの男の身体を引き裂いてやる！」

「ラクレイン！　私は大丈夫だから！」

「大丈夫なものか！」

翼を勢いよく羽ばたかせながら、ラクレインは叫んだ。

「大丈夫なの！」

負けじと必死で叫び返すと、羽ばたきの音と風がパタリとやんだ。私はそれでも、ラクレインにぎゅっとしがみ付いていた。

「なぜ、話さなかったんだっ……。我に、なぜ話してくれなかった」

「ラクレイン……」

それは初めて聞くラクレインの弱った声だった。

「我はお前を守る風になると誓った……お前に仇《あだ》なす者には、風の刃《やいば》を振るうと……。我はそれ以外、他に何をしてやれるというのだ？」

私の肩に顔を埋めて、ラクレインは弱々しく問う。

ラクレインはいつも、私のために力を尽くしてくれた。私のために、兄から守ろうとしてくれていた。

「ごめんなさい……ラクレイン……」

ラクレインの頭を撫《な》でる。それも初めてのことだった。

「でもね、ラクレインの風は刃《やいば》だけじゃないわ。時には盾にだってなる。それに空だって飛べて、私は大助かりしているもの。だから、刃《やいば》を振るうこと以外何もできないみたいに言わないで」

「……そんな話がしたいのではないが、もういい。忘れてくれ」

ラクレインは肩をすくめて、そっぽを向いてしまった。

ラクレインにはたくさん助けてもらっていると伝えたかったのに、ちょっと間違えてしまったらしい。

「兄のことは気にしないで。もう会うことはないはずだもの。それに兄のもとに行ったら、いくらラクレインでもただじゃすまないわ……。お願いだから行かないで」

ギュッと、ラクレインの片翼を抱きしめて頼み込む。

兄は、王都の東南地区フィオーサンの治安維持を任されている警護責任者だ。彼本人も、彼が率いる部下も戦闘能力が高い。ラクレイン一人が乗り込むには不利だし、そんな状況を想像するのも嫌だった。

「ラクレインが傷付いたら、私も傷付きます」

私のせいでラクレインが怪我をしてしまったらと思うと、胸が痛む。だからどうか、やめてほしい。

「……わかった」

「ありがとう。その代わり、一つお願いしてもいいかしら？　ラクレインの風で、私を癒《いや》してほしいの」

「……我の風で？」

「ええ。空に連れていって」

攻撃だけでなく、ラクレインの風はいつも私を癒《いや》してくれているのだと伝えたくて、わざと彼に甘える。

するとラクレインは仕方ないな、という風に息を吐いて、ニヤリと不敵に笑った。

「悲鳴を上げても知らんからな」

「お手柔らかに」

落ちないように、しっかりしがみ付かなくては。

「あ、シゼさんも一緒にどうですか？」

「オレは精霊と話している」

「わかりました、ではまたあとで」

私とラクレインのやり取りを見守っていたシゼさんに手を振って、ラクレインの背中にしがみ付いた。羽ばたきの音が風とともに鳴り響く。

それからすぐに、ライトグリーンとスカイブルーに艶《つや》めく幻獣は、朝陽に照らされる空に舞い上がった。

＊❖＊

ローニャがラクレインと空に飛び立ったあと、オリフェドートはシゼに話しかけた。

「ほれ、酒だ。男爵とやらと飲むがいい」

昨夜シゼが持ってきた酒は、もともと男爵からもらったものだと聞いた。その礼として、オリフェドートは精霊の森の酒を詰めた瓶をシゼに渡す。

「美味な酒だったと男爵に伝えてくれ。それと……ローニャが世話になった。お前は兄に会ったそうだな。我は話しか聞いたことがないが……八つ裂きにしたいほど嫌な奴だったろう？」

「……八つ裂きにしたところで、ローニャは喜ばないだろう」

シゼはオリフェドートの言葉を否定しなかった。

「そこが悩みの種なのだ！」とオリフェドートは空を仰いでシゼの隣に腰を下ろす。

「ローニャが望みさえすれば、我々はかの国を滅ぼしてやるのに！」

オリフェドートの過激な言葉に、シゼは驚きもせず沈黙で答える。

「もちろん仮定の話だが、多少の復讐くらい願ってくれてもいいのではないかと思ってしまう」

ローニャのためならなんでもするのに、とオリフェドートは悔しがった。

シゼはなおも沈黙しているが、オリフェドートは気にもしなかった。彼が話を聞いていることはわかっていたからだ。

「ローニャの自己評価の低さは、家族のせいだ。精霊の森を救ったのに、グレイならもっとうまくできたとか、大したことではないとか言うのも……家族が自信を奪ったせいだ」

ローニャは努力を認めてもらえない環境で育った。それが、精霊の森を——世界を救っても、自分を過小評価する理由。

「できることなら、ローニャにはこの森にいてほしい。何にも傷付けられず、心穏やかに過ごせるように」

オリフェドートは空を見上げる。

「けれどお主は、あそこにローニャを引き留めるのだな」

「……ローニャがそれを望んでいる」

「そうだな……」

シゼもオリフェドートとともに空を見上げた。

「よろしく頼むぞ、シゼ」

「……ああ」

「また飲みに来い」

「……ああ」

それからしばらく、二人は黙って空を眺め続けた。

＊❖＊

ラクレインと仲直りをした私は、獣人傭兵団さんの家に帰り、それまでのお礼を兼ねてご馳走を作った。

七面鳥の丸焼きからピザまで、自信のある料理に腕を振るった。

でも緊張で胸がドキドキと高鳴って落ち着かない。

今から、皆さんに私の素性について話すと決めたのだ。

治療魔法はもうすっかり終わったようで、こんなに怯《おび》えていても眠気は襲ってこなかった。

「うわー！　超ご馳走じゃん！」

「美味《うま》そうー！」

リュセさんとチセさんが、真っ先にテーブルに着く。

「どうしたの？　こんなにご馳走作って」

セナさんは尋ねながら、椅子に腰を下ろす。

「警護とお世話になったお礼です」

「そんなのいいのに」

「僕も手伝ったんだよ！　楽しかった！」

セナさんの隣に腰を下ろしながら、セスが笑った。

最後にシゼさんが座ったのを見て、私はいよいよだと心を決めた。

立ったままの私に、注目が集まる。

「皆さんにお話があります」

息を深く吐くと、不思議と緊張が解けた。

「私は伯爵令嬢でした」

隠していた素性を打ち明ける。もしかしたら、受け入れられないかもしれない。それでも、もう皆さんに隠し事はしたくなくて、私は続ける。

「まったりしたくて、逃げてきちゃいました」

冗談めかして笑って告白しても、真剣だった。シゼさんを、セナさんを、セスを、リュセさんを、チセさんを、順番に見つめて反応を待つ。

「知っている」

一番に言葉を返してくれたのは、シゼさんだ。

皆さんが温かな笑みを浮かべて見つめ返してくれたので、私は満面の笑みを零《こぼ》した。

「ほら、座ってよ。ローニャ」

「食べようぜ！」

「……はい！」

胸に安堵が広がっていく。やっと私の素性を明かせた。いつか、貴族をやめたきっかけやシュナイダーのことも皆さんにお話ししたい。……もう少し心の準備ができてからになるけれど。

私はまた賑《にぎ》やかな食卓で食事を楽しんだ。

「ローニャ。オレ達が家に匿《かくま》ってでもお前のことを守ろうとする理由は、わかったか？」

突然、シゼさんが問いかけてくる。この前出された宿題のことだ。

私は自信満々に答える。

「それは、心からまったりできるあの店が大好きだからでしょう？　だから、シゼさん達は私を守ってくださるのですよね。私も、皆さんとあの店で過ごす時間が、大好きです」

「……それでいい」

シゼさんはフッと頬を緩めた。

「私と私の大切な店を守ってくださってありがとうございます」

私はそう伝えて、頭を深く下げたのだった。

3　閑話　悪魔と兄と元婚約者。

シュナイダーは護衛も従者も置き去りにして、暗がりの街を駆けた。

「どこへ行った！　悪魔ベルゼータ!!」

路地裏に声を響かせて、悪魔の姿を捜す。

シュナイダーがベルゼータを見つけたのは、ローニャの祖父ロナードのもとを訪れて帰る途中だった。ベルゼータはニヒルな笑みを浮かべてシュナイダーの前に現れ、突然走り出したのだ。

ローニャの行方を知っているかもしれないベルゼータを、シュナイダーは当然追いかけた。

「こーこだよーん」

男の姿をしたベルゼータは、屋根の上に座っていた。頬杖をついて、シュナイダーを見下ろしている。

「ローニャが見つからなくって苦戦してるみたいだねぇ。バカなシュナイダー」

「ベルゼータ！」

「ふふ。教えてあげようか？　ローニャの居場所」

告げられた言葉に、シュナイダーは目を見開く。

ずっと欲していた情報を聞けるかもしれないと、胸が高鳴った。

しかし、相手は悪魔。警戒心を強めて、剣を握りしめる。

「ローニャは元気だったよぉー。新しい生活はすっごく楽しそうだった。でも心細いみたい……きっとお前がいないせいだよ、シュナイダー。夜は泣いているみたいなんだ。お前が恋しくって恋しくって……可哀想だろう？」

しゅん、と悲しげな表情で俯《うつむ》くベルゼータ。

その様子が悲しみに暮れるローニャを想像させて、シュナイダーは胸を痛めた。

「お、教えてくれ」

「会いに行ってくれる？」

「もちろんだ」

するとベルゼータは嬉しそうに満面の笑みを浮かべた。

シュナイダーは内心でホッとする。今までローニャの居場所を尋ねても、ずっと一蹴されてきた。だから今度ばかりは、期待で胸がいっぱいに膨らむ。

「じゃあ、教えてあーーーーーーーーげる、わけねーだろうが、このバカ男《おとこ》が!!」

無邪気な子どものような笑みから一転、怒りに満ちた悪魔の顔に豹変する。

シュナイダーは裏切られた衝撃で、剣を構えそこねた。

「お前のことなんて綺麗さっぱり忘れたから、楽しく生活しているに決まってんだろうが！　お前が恋しくて、夜泣いている？　んなわけあるか！　一夜だってねーよ!!　ってか、お前がいなくても全然寂しがってねーし！　モテモテでアプローチされまくってるってーの！　お前が入る隙はねーんだよ！　ぶぁあーか!!」

悪魔ベルゼータは中指を立ててまくし立てる。

「つか、お前のせいだかんな！　お前がローニャを学園から追い出したばっかりに、魔導師とエルフの英雄に追い回される羽目になったんだ!!　お前のところにいたほうがまだ簡単だった！　なんだよ、国一番の魔導師と伝説の英雄って!!　世界の崩壊でも止めるつもりなの!?　まじおっかない二人なんだけど!!　死ぬ気で逃げ切ったし!!　ふざけんなよ!!　一ミリもローニャに近付けねーよ!!　これも全部お前のせいだぞ、バカ男!

ぶぁーかぶぁーかぶぁーか!!」

屋根の上でジタバタと暴れるベルゼータ。言いたい放題した挙句、しまいには泣きじゃくり始めた。

「うぐ……あともう少しだったのに……グスン……あともう少しでローニャが堕《お》ちてきたのに……」

星が瞬《またた》く夜空に向かって、ベルゼータは手を伸ばした。けれどその手は空《くう》を切る。

「っ!　お前っ!　ローニャに何かしたのか!?」

今度こそシュナイダーは剣を抜いた。

「お前に責められる筋合いはないね!」

ベルゼータは起き上がり、シュナイダーを睨《にら》み付ける。

「ずっとお前がボクからローニャを守ってたくせに!　それを放棄したら、ローニャがどうなるか想像もしなかったわけ?」

ベルゼータの言葉がグサリと胸に刺さる。別れを告げたあとのローニャがどうなってしまうかなど、シュナイダーは気にも留めていなかったのだ。

「ただの女に夢中になってローニャを捨てるなんてアホらしい。お前なんかローニャと一生会えずに、ずっと捜し回ってればいいんだ！」

ベルゼータはなおもシュナイダーを責め立てる。

「もういい！　力尽くで聞き出すまでだ！」

シュナイダーが剣を抜いたのを見て、受けて立つとベルゼータも構えた。

「やるのかよ！」

その時、大きな白い狼がベルゼータに襲いかかった。シュナイダーばかりに集中していたベルゼータは、不意を突かれて狼の攻撃をもろに食らう。

ベルゼータは屋根から転がり落ち、路地裏にどしゃりと落下した。

「妹に構わないでもらおうか、悪魔め」

魔法で白い狼を出現させた人物。それはローニャによく似た容姿の男性だった。ローニャと同じ白銀の短髪と青い瞳に、彼女とは似ても似つかぬ鋭い眼差《まなざ》し。ローニャの兄、ロバルトだ。

「くっ……ふざけんな、お前にだけは言われたくないっ」

ロバルトの魔法で右腕が凍り付いたベルゼータは、なんとか立ち上がって言い返した。

「兄貴ぶりやがって……！」

そう吐き捨てて、ベルゼータはすぐに暗闇へと消え去る。

「待てベルゼータ!!」

追いかけようとしたが、その時にはすでにベルゼータの気配は消えていた。認めたくはないが、あのエルフの英雄と国一番の魔導師が手を組んでも捕まえることのできなかった悪魔だ。

シュナイダーは今追っても無駄だと判断した。

「……シュナイダー・ゼオランド様」

ロバルト・ガヴィーゼラは、シュナイダーを一瞥《いちべつ》すると冷たく名を呼んだ。昔から彼はこんな冷めた態度だった。

「あなたも、妹にはもう関わらないでいただきたい」

「なっ」

「あれはもともと貴族社会にふさわしくなかった。庶民のように喫茶店を経営しているのがお似合いだ。そもそも、今更妹になんの用ですか？　私の記憶が間違っていなければ、妹を捨てたのはあなたのほうですよね。そのせいで我が家も汚名を被った」

丁寧な言葉を選んでいても、冷たく鋭利な声がシュナイダーを責め立てる。

「甘い言葉で惚れさせておいて、急に掌《てのひら》を返したはず。それでもまだ傷付け足りないとでも？　そうでなければ、何を躍起《やっき》になって取り戻そうしているのか、私には理解できませんね」

シュナイダーは息を呑み、緊張で震える身体を必死に抑えた。

ロバルトの言う通り、ローニャは貴族の世界では息苦しさを感じていた。連れ戻すことが彼女にとって、いいことかどうかはわからない。

けれど少なくとも、ロバルトに無理矢理連れ戻される展開だけは避けたいと考えていた。

しかし、そのロバルトからもローニャに会うことを反対されて、シュナイダーはいよいよ混乱し始める。

「もう一度同じことを言わせてもらいましょう。妹に二度と関わらないでもらいたい」

ロバルトはそれだけ言い残して去っていった。

シュナイダーは憤怒の念を覚える。ベルゼータの言うように、ロバルトにはローニャとのことをどうこう言われたくなかった。

そこでシュナイダーははたと気が付く。ロバルトがヒントを残していったことに。

「喫茶店を経営……？」

ヘンゼルから、ローニャが学園にいた時、経営の話をよくしていたという情報も聞いている。そこから、ローニャはどこかで喫茶店を経営しているはずだという結論に至った。

数日前、悪魔が出没したと噂になっていたのは、最果ての街、ドムスカーザ。もしかしたら、そこにローニャはいるのかもしれない。そう思ったシュナイダーは、さっそく調査を始めた。

——そして数日後。最果ての街を中心にしらみ潰しに喫茶店を調べたシュナイダーは、とうとうまったり喫茶店に行き着いた。

その喫茶店が開店したのは、ローニャがいなくなった時期とほぼ同じらしい。店主の特徴もローニャと一致する。ここにローニャがいると確信を持ったシュナイダーは、すぐにドムスカーザへ向かった。

いざ再会！　とドアを開けようとした時。

白いドアには、閉店の看板がかかっていることに気付いた。だが、時間は正午だ。喫茶店がこんな時間に閉店しているとは思えない。

「ローニャ!?　ローニャ!?　ローニャ!!」

悪魔ベルゼータの呪詛が効いたかのように、シュナイダーはその日、ローニャに会うことはできなかったのだった。

＊
❖
＊

——シュナイダーがまったり喫茶店を訪れる、数時間前のこと。

「国王陛下。もう国に帰りましょう」

屈強な大男が膝を折ってそう伝える。彼の肌は空のように青い。それは妖精ジンである証《あかし》だ。

「では、あと一ヶ所だけにしよう！」

王冠を被った大男はあぐらをかいて座り、豪快に笑って言う。

「この先の街で最後にいたしましょう、陛下」

踊り子風の衣装に身を包んだ妙齢の女性がそう口にする。彼女の肌の色も、空のように青い。黒髪を後ろで三つ編みにして垂らし、穏やかな笑みを浮かべている。

「何なに、ドムスカーザという街か！　初めてだな！　どれ、堪能《たんのう》してやろうぞ。かははは！」

王冠を被った大男——ジークハルト王は、愉快そうに笑い声を上げて、ローニャのいる街に乗りものを進めさせたのだった。

その乗りものは、遠目から見れば空飛ぶ絨毯《じゅうたん》、間近で見れば大きなもふもふの生きもののようだった。

第4章 ❖ 青き者。

1　青は幸福の色。

獣人傭兵団の皆さんに素性を話した翌日。魔法による治療が終わって完全回復した私は自分の家に戻り、まったり喫茶店を開店した。

こぢんまりとした喫茶店には、ずっと閉めていたにもかかわらずお客さんがたくさん来てくれた。私は鼻歌交じりに接客をする。

「ローニャちゃん、今日は機嫌がいいね」

「何かいいことでもあったのかい？」

古くからの友人同士だという老人二人に尋ねられた。ダレンさんとマシューさんだ。

彼らは毎日のようにコーヒーを飲みに来てくれる。

「実は今日、青い鳥が店に入ってきたのです」

私は笑顔で答えた。

妖精ロトが開店の準備を手伝いに来てくれた際に、入り込んでしまったのだ。ロト達は大慌てしたけれど、私はその様子が可愛らしくて笑ってしまった。

「青い鳥なんて珍しい。それは幸福のサインですな、再開から幸先が良い」

「そうなんです。だから朝からご機嫌なのです」

この世界でも青い鳥は珍しい。そして青は幸福の色だ。

「青といえば、ローニャちゃんの瞳も青だ。朝から笑顔の君を見られて私達も幸福だよ」

そう言って温かく微笑んでくれるダレンさん。素敵な言葉だ。

「青といえばもう一つあるわ、店長さん」

カウンター席にいる女性陣が会話に加わった。

こちらも常連さんの仲良し三人組で、金髪の髪を結った少女は、サリーさん。その隣の茶髪の少女は、ケイティさん。その隣の少女は、レインさんだ。

「サファイアが落ちてたって噂になってるの」

「サファイアが、ですか?」

「そう。雫《しずく》ほどの小さなサファイアが、西通りにいくつか落ちていたんですって」

「雫《しずく》ほどの、サファイア……」

「私も拾いたかったぁ」

三人の会話を聞いて思い当たる。もしかしたら、友人が来ているのかもしれない。

「皆さん、申し訳ないのですが、少し出かけてきますね。少々お待ちください」

「構わないけど……どうしたんだい、いきなり」

私はその問いに答えることなく店を飛び出した。

西通りに向かうと、サファイアの噂を聞いたのか、人々がごった返していた。地面に視線を落としてキョロキョロしている人も多い。そんな人混みを避けながら、私は友人を捜した。

そして、アパートとアパートの間の狭い細道に蹲《うずくま》っている青い姿を見つけた。

「リュー」

優しく呼びかけると、ビクッと震えて顔を上げる。

癖の強い青い髪は、顔をほとんど隠してしまうほど長い。けれどその隙間から、大きなサファイア色の瞳が見えた。目には涙が溜まっていて、今にも零《こぼ》れてしまいそうだ。

「……ローニャっ！」

私の名前を呼ぶ幼い声がして、小さな身体が私に飛びついてきた。その拍子に目から零《こぼ》れ落ちた涙が、サファイアとなって地面に転がる。

私の友人であるリューは、青いサファイアを生み出す種族——フィーロだ。

彼女は引きずってしまうほど長い、白のローブを着ている。私はそのフードを深く被らせ、彼女の青い髪を隠した。

「泣かないで。会いに来てくれたの？」

涙を流しながら頷《うなず》くリュー。そのたびにポロポロとサファイアが落ちていく。とりあえず泣きやませて、落ちたサファイアを回収しておく。それだけで、エプロンのポケットがいっぱいになった。

「ひとまず私の家に行きましょう」

リューの手を引いて来た道を戻る。こっそり二階の部屋までリューを送って、私は喫茶店に戻った。

「どこ行っていたの、店長さん」

「友人に会いに行っていました」

問われたので、そう答える。

午前の接客をこなし、客足が途絶えた隙に二階へ行くと、リューはベッドの上で丸くなって眠っていた。

そっと頭を撫《な》でれば、身じろぎする。そんな姿が愛らしくて、クスリと小さく笑ってしまった。

その時、カランとお客さんが来たことを知らせるベルが鳴る。

「今行きまーす」

お客さんに聞こえるように言いながら階段を下りた。

この時間に来るお客さんは限られている。きっと黒いジャケットを着た彼らだと思い、笑顔で一階に下りた。

「いらっしゃいま……せ？」

けれども、そこにいたのは私が思っていた人達ではなかった。

傭兵の証《あかし》である黒いジャケットを身に付けているが、見たことのない顔ぶれだ。人数は五人。

「やあ、お嬢さん」

先頭に立つブロンドの美青年は笑いながら、片手でバタフライナイフを軽やかに振り回している。

「ここ、獣人傭兵団が通ってる店で間違いないかい？」

「そうですが……それが何か？」

私は微笑んで問う。

その時、またドアが開いて、今度は獣人傭兵団さん達がやってきた。

「お嬢ー、今日も来た……って、何、お前ら」

ドアを開けたのは、リュセさん。

私を取り囲むように立っている傭兵さん達を見るなり、笑顔から一変、怖い顔になった。

「あ？　てめぇら……」

次に入ってきたのは、チセさん。

鋭い目を吊り上げる姿は、なかなか迫力がある。

「何……？」

続いて入ってきたのは、セナさん。

私と身長がそう変わらない小柄な彼だが、目を細めて傭兵さん達を睨《にら》み付ける姿は凄みがある。

「……」

そして最後は、シゼさん。

そこにいるだけで、威圧されているように感じた。

「おっと、動くなよ。このお嬢さんが大事なら、ドムスカーザの護衛の仕事を譲れ」

先に入ってきたブロンドの美青年が、私にナイフの先を向けながら、要求を突き付けた。

獣人傭兵団は、このドムスカーザの街を守っている。最強の傭兵団と謳《うた》われ、そして恐れられていた。
ブロンドの美青年は、その仕事を欲しているのだろうと理解する。
「ああん？」
青い菊の花が咲き誇るように、狼の姿に変身したチセさん。
同じくチーターの姿に変身したリュセさんは、白い牙《きば》を剥《む》き出しにして唸《うな》る。
セナさんはジャッカルに、シゼさんは純黒《じゅんこく》の獅子の姿に変身する。
シゼさんが吠えて空気を震わせ、見ているだけの私でさえ鳥肌が立った。
それからの動きは、速かった。
リュセさんがナイフを叩き落とし、ブロンドの美青年をドアの外に放り投げる。
チセさんは二人の傭兵さんの頭を鷲掴《わしづか》みにして、同じように外へ投げ飛ばした。
セナさんも一人の首根っこを掴むと、外へ押し飛ばす。
最後に残った一人をシゼさんが背負い投げて、乱暴に追い出した。
「二度とこの店に来るんじゃねぇよ！　次はぶっ殺すぞ！」
「バラバラにしてやるからな!!　バーカ！」
リュセさんとチセさんが怒鳴り、パタンとドアを閉める。
外で何か喚《わめ》く声が聞こえたけれど、再びドアが開くことはなく、しばらくして静かになった。どうやら立ち去ったみたいだ。

人間と獣の姿を持つ獣人族は、人間を引き裂けるほどの力を持つと有名だ。その獣人からの脅しは充分効いたらしい。

「君なら指を鳴らすだけで追い出せたんじゃないの？」

私の隣に立って指を鳴らしてみせながら、セナさんは私に怪我がないかを確認してくれる。

「確かに迷惑なお客さんを追い出す魔法はかけてありますが……彼らはセナさん達に用があったみたいなので」

私は微笑んで答えた。

セナさんは呆れたように息を吐く。セナさんだけじゃなく、席に着いたリュセさんとチセさんもだ。

「だからって、ナイフ突き付けられて待ってたわけ？」

「やっぱりローニャは天然だろ」

「今日は朝から青い鳥を見たり、久しぶりに友人に会ったりと、いいことづくしだったので気を抜いてしまいました」

そう言うと、リュセさんは首を傾げる。

「青い鳥を見たのが、いいこと？」

「青は幸福の色だから」

セナさんが淡々と答えると、リュセさんが噴き出した。

「ぷっ！　チセは幸福カラーかよ」

「バカにするなよ、リュセ！」

チセさんがリュセさんに言い返す。こんな口論はいつものこと。

シゼさんは何も言うことなく、右奥の席にどっかりと座った。

「今日は何になさいますか？」

私は気を取り直して注文を取る。

「いつもの」

シゼさんは低い声でそう告げた。いつもの――つまりベーコンステーキと食後にコーヒーだ。

「オレもいつものー」

カウンター席に座ったリュセさんが言う。リュセさんのオーダーはステーキとミルク少なめのラテ。

「オレも」

シゼさんの向かい側に座ったチセさんは、ステーキとオレンジジュース。

「僕も同じ」

チセさんの後ろの席に座るセナさんは、サンドイッチにラテだ。

「かしこまりました」

「ところでお嬢。上に誰かいるの？」

チーター特有の長く太い尻尾を左右に揺らしながら、リュセさんは天井を見上げた。

気配なのか、匂いなのか、リューがいるとわかってしまったみたい。

「私の友人が来ているのです」

紹介しようかどうか迷いつつ、友人がいるとだけ答えた。

「そのポケットいっぱいのサファイアと関係があるの？　セスが言っていたけれど、西通りにサファイアが落ちてたんだってね」

セナさんが指摘する。ポケットを見ると、輝くサファイアでいっぱいのままだった。

さすがセナさん。耳が早く、そして目敏《めざと》い。

隠すほどのことでもないのでリューを紹介しようと、前置きを話すことにした。

「実はそうなのです。『青き者の悲劇』はご存じですか？」

「なんじゃそりゃ」とチセさんは首を傾げた。

「妖精ジンが奴隷だった時代の話だ。常識だろ、バーカ」

「あんだと、リュセ！」

またもや喧嘩を始めてしまうチセさんとリュセさん。そんな二人を宥《なだ》めてから、私は続きを話し始めた。

「妖精ジンが囚われていた悲しい時代のことです。その時代にはジンだけでなく、他にも『青き者』が囚われていました。フィーロという種族も、その『青き者』に含まれます。フィーロは、美しい青いサファイアの涙を流す種族で、それゆえに囚われていました。上にいる友人は、そんなフィーロ族の子です」

私は「連れてきますね」と一言伝えて、二階にリューを迎えに行った。

起きていたリューは下での話を聞いていたのか、私にぎゅーと抱き付いてきたので、そっと抱えて下まで運ぶ。

リューは五歳くらいの子どもサイズだが、それにしても軽い。ちゃんと食べているのか心配になる。

「フィーロ族のリューです。リュー、シゼさんとチセさん、それにセナさんとリュセさんです。私の大切な友人なんですよ」

リューを下ろして、獣人傭兵団の皆さんに紹介した。

友人だと伝えても、リューは警戒して私の後ろに隠れながら恐るおそる顔を出す。

「なんだ、ちっこいの。オレはリュセだ。名前、言ってみろよ」

リュセさんが尻尾を使ってリューの鼻をくすぐる。

リューは驚いて、尻尾をはたき落した。

「あ？　なんだよ、ノリ悪いな」

「リューは人見知りが激しい子なのです」

リューはまたスカートの陰に隠れてしまう。リュセさんはその態度が気に入らないのか、唇を突き出した。

私はブルブルと震えるリューに向き直り、頭を撫《な》でて宥《なだ》める。

「大丈夫、信用できる人達だから」

しゃがんで目線を合わせて、ゆっくりと言い聞かせた。

けれどリューはブンブンと首を横に振り、拒絶を示す。

まだ怖いらしい。仕方なく、リューの手を引いてキッチンの中に入った。

「では、こちらにいてください。私は料理を作りますね」

一言伝えてから、そのまま獣人傭兵団さん達の料理を作り始める。

ふと、カウンター席のリュセさんの視線がいつもと違うほうを向いていることに気付く。

いつもは魔法で調理をする私を興味津々《きょうみしんしん》に見ているのに、今日はリューに視線を集中させている。なんだか気に入らなそうな顔だ。

リューはその視線から隠れるように、私にしがみ付いた。

「お待たせしました」

ステーキとサンドイッチを作り終えて、彼らのもとに運ぶ。その間もリューは私に引っ付きっぱなしで、リュセさんの目はそれを追いかけていた。

「そのフィーロ族と、どうやって知り合ったの？」

セナさんがラテを飲みながら尋ねてくる。

「オリフェドートの紹介で出会いました」

「じゃあ、オリフェドートの森に住んでるんだ？」

尋ねるリュセさんに、それは違うと首を横に振る。

「いえ、リューは……いろいろなところを転々としているのです。先ほどお話しした通り、フィーロ族はサファイアの涙を流すため、常に狙われています。ハンターなどの追っ手から逃れるため、移動し続けているのです」

「なおさらオリフェドートの森にいればいいじゃん。あそこなら、ハンターも入れないだろ」

オリフェドートの森には、彼の許可を得ていない者は入ることができない。それを知っているリュセさんは、怪訝《けげん》な顔をして首を傾げた。

「それが……迷惑をかけたくないと、リューは長居をしないのです。それに、リューは同族を捜しているので……」

「同族？」

「はい。リューは、同族に会ったことがないのです」

私は悲しい気持ちでいっぱいになりながらも答えた。

リューは一人ぼっちなのだ。ずっと、どこかにいるはずの同族を求めてさまよっている。

「今日は私に会いに来てくれたそうです」

にこりと微笑みを向けると、リューはコクンと頷《うなず》く。

「ふーん……。でも同族に会えても、こんな人見知りじゃだめじゃね？　直せよ」

リュセさんは笑いかけながら、また尻尾でリューをからかう。

リューはやっぱり嫌がって私の後ろに隠れ、リュセさんのご機嫌は斜めになる。

私はあることを思い出して、皆さんに提案する。

「そうだ。旬のマンゴーがあります。いかがですか？」

「マンゴー!? 食う!!」

チセさんが目を輝かせた。その大きな声にリューはびくりと震えたので、そっと肩を撫《な》でてあげる。

「花切りにしてお出ししますね」

「花切りってなんだ? 店長」

「お見せします」

今日ロト達が持ってきてくれた熟したマンゴーをキッチンで切る。

まずは種を避《よ》けて、縦に果肉を切り落とす。皮を切らないギリギリのところまで格子状に切り目を入れてから、後ろを押し上げて開いてお皿に盛り付けた。

「リューも食べたい?」

尋ねると、コクンコクン、とリューは頷《うなず》く。

けれど彼女は花切りにしたほうではなく、種に付いた果肉のほうが食べたいらしく、小さな手で指さした。皮だけを剥《む》いて手渡すと、リューはカプッとかじりつく。

その様子を見てから、チセさんにお出しする。

「お待たせしました。花切りのマンゴーです」

「へーこれが花切り。美味《うま》そうな匂い!」

スプーンを載せたお皿を出すと、チセさんは匂いを吸い込んで真っ青な尻尾をパタパタさせる。

ちょうどシゼさんがステーキを食べ終えたようだったので、続いてコーヒーを淹《い》れて出した。

「うーんめー!!」

「僕もマンゴーもらうよ」

唸《うな》るように興奮しているチセさんを見て食べたくなったのか、セナさんも振り返って注文する。

「かしこまりました」

セナさんの分をキッチンで切っていると、チセさんから「おかわり!!」という声が届く。

もう一つマンゴーを手に取って切り分けていく。リューはまた、残った種についた果肉にかぶりついた。

「リュセさんとシゼさんもいかがですか?　たくさんありますので、明日はマンゴーのムースケーキを作ろうかと思っています」

「ムースケーキ!?　美味《うま》そうだな!」

チセさんが、マンゴーを頬張りながら話に食い付いてくる。

「はーい、オレはお嬢のケーキが食べたいから、明日の分予約な」

リュセさんは機嫌を直したのか、ニコニコと手を上げた。

シゼさんも頷《うなず》いてコーヒーを啜《すす》る。

「わかりました。明日はマンゴームースケーキを取っておきますね」

「ところでお嬢。そのサファイアはどうするんだ？」

リュセさんが尋ねながら、私のポケットからサファイアを取り出して見つめる。

「そのサファイアはリューのものですから、どうもしませんよ」

そう答えると、リュセさんは「ふーん」と言ってリューを凝視した。

リューはそれが居心地悪いようで、また私の後ろに隠れてしまう。

「お嬢はサファイアが似合うなぁ」

リューから視線を私に戻して、リュセさんは口を開いた。

「エメラルドも似合うと思うけど」

セナさんがマンゴーを堪能《たんのう》しつつ言う。

「やっぱ、青がいいんじゃね？」

けれど、リュセさんとチセさんは青色を推《お》す。

「お嬢、ピアスとかつけねえ？」

「ピアス……ですか。普段はつけませんね」

ピアスは万が一料理中に落ちてしまったら困る。

「じゃあネックレスな」

サファイアを見ていたリュセさんは、それを私のポケットの中に戻した。

ネックレス？

どういうことかと尋ねたかったけれど、チセさんがまたおかわりを注文したので、意識はそちらに向いた。

「なぁ、リュー。こっち来いよ」

リュセさんはキッチンの中のリューに声をかける。

けれどリューは肩を震わせるだけで、返事もしない。

リュセさんは、またむっすりとしてしまう。

「リュセさん、そんなにリューと仲良くしたいのですか？」

「だって、お嬢の友だちにそんな態度されるのは嫌だもん」

私も友だち同士に仲良くしてほしい気持ちもある。でもリューにはそれが難しい。

「もう少し時間をください。リューも、しばらくはいてくれるでしょう？」

「……」

私を見上げて、リューは大きく頷《うなず》いた。

「……ふーん。わかった」

そう言いつつも、リュセさんは不機嫌顔だ。

結局、獣人傭兵団さんが帰るまで、一言も発しなかったリュー。試作したムースケーキを試食してもらうと、笑って短く感想を漏らした。

「美味《おい》し」

「そう、それはよかった」

カウンター席に座ってマンゴーのムースケーキを食べたリューは、満面の笑みを零《こぼ》す。

可愛らしい。

思わずふっくらした頬をツンツンとつついた。

そうしていると、魔法陣が現れて妖精ロトがやってきた。

白い円から行進して登場したロト達は、カウンター席にいるリューを見てペリドット色の瞳を輝かせる。「あいー」と駆け寄って飛びつくロト達を、リューも喜んで受け止めた。

心を許せる相手に囲まれて、リューも嬉しそう。

ロト達にもムースケーキを差し出し、それを堪能《たんのう》してくれる姿を見ながら、私は生クリームを泡立てた。

明日はマンゴーフェスタだ。

翌朝。ロト達とリューは、掃除や開店準備を手伝ってくれた。

リューが楽しんで朝の支度をしてくれて、私も嬉しい。

準備が終わるとリューは二階にある私の部屋に戻り、いざ開店。

マンゴーフェスタは、大盛況だった。

開店してしばらくすると、セリーナさんことセスも来た。

本日の髪型はツインテール。フリルのブラウスにショートパンツとロングブーツ姿は、この世界では少々風変わりだが、女性も羨《うらや》む可愛い容姿である。

セリーナさんは、マンゴームースケーキを大絶賛してくれた。

「ところで、この間家に来たエルフの人、前に一回店に来てたよね。あれからエルフの人見かけてないけど、来てるの？」

マンゴームースケーキを食べながら、セリーナさんがそんなことを尋ねてきた。

「オルヴィアス様のことですか？　見かけていませんね。きっとお忙しいのでしょう」

セスだけに聞こえるよう声を潜《ひそ》める。他のお客様に、英雄オルヴィアス様と知り合いだなんてバレたら大変だ。

「ふーん。もう来なくていいのに！」

「ええ？　どうしてですか？」

私はセスの言葉に首を傾げてしまう。

オルヴィアス様が気に入らない理由でもあるのだろうか。オルヴィアス様は、何もしていないはずだけれど……

「べっつにー。ムースケーキ、おかわり」

セスはにっこりと可愛らしい笑みを浮かべて、おかわりを注文してくれる。

「今週いっぱいマンゴーフェスタをやるつもりなので、よろしくお願いしますね」

「はーい！」

二つ目のムースケーキを出すと、その場にいた常連さん達も返事してくれる。

そうして忙しい時間はあっという間に過ぎていき、午前中最後のお客さんを見送って片付けに取りかかっていた時。彼がやってきた。

「いらっしゃいま……」

扉のほうを見た私は、ひぃ、と悲鳴を上げそうになる。

とっさに持っていたトレイで顔を隠した。

白いドアを開けて入ってきたのは、妖精の国アラジン王国の王ジークハルトと、そのお付きの一行だったからだ。

2　妖精ジン。

妖精ジンは、人々に幸せをもたらすとされている。

その肌は真っ青で、腕には薔薇《ばら》に似た模様がある。その模様は、海の底のような深い青色。

ジークハルト王は、逞《たくま》しい身体つきを惜しむことなくさらけ出した、アラビアンな服装だ。首元は金の装飾品で飾り、頭には金の王冠を載せている。

髪は艶《つや》やかな黒。おおらかで豪快な性格の人だ。

「ここがドムスカーザの街で一番の店か！」

その声を聞き、まだ正体はバレていないと安心した。

間一髪、顔は見られなかったらしい。

私はしゃがんで、カウンターテーブルに置いておいた小瓶を手にする。

魔法の髪染めの粉だ。それを頭から被ると、白銀の髪は真っ赤に染まった。

ジークハルト王とは、公《おおやけ》の場……つまり着飾った場でしか会ったことがない。今の庶民的な姿でなら、他人の空似で通せるかもしれない。

化粧っ気のない顔に、真っ赤な髪ならいける。絶対にバレない。そう自信を持って、笑顔で接客に移った。

「いらっしゃいませ、お客様」

「いやはや、久しいな！　ローニャ嬢。髪を染めたのか？」

ニコニコしたジークハルト王に、見事見破られる。

バレてしまった。瞬殺である。

「お……お久しぶりです、ジークハルト王」

私は笑みを崩さずに、身を屈めて一礼した。

ジークハルト王は「かはは！」と笑い飛ばすと、カウンター席に座った。

お付きの方は二人。

一人は男性で、ジークハルト王と同様に屈強そうな身体つきをした護衛のシバさん。長身で面長な方。背中には大剣を背負っている。

そしてもう一人は女性の、ジェスミーさん。

ジェスミーさんは踊り子のような露出の多い服装をしていて、魅惑的《みわくてき》だ。浮かべている微笑みも妖艶だといつも思う。長い黒髪を後ろで三つ編みにしていて、首や耳、手首に金のアクセサリーをつけている。

私は髪を撫《な》で付けて、そっと髪染めの魔法を解いた。

「うむ、その姿が一番似合っておる」

「お褒《ほ》めのお言葉、誠にありがたく存じます」

再び一礼をすると、ジークハルト王の大きな手が伸びてきて私の頭に置かれる。

「そう堅苦しくならずともよい。楽にして、もてなしてくれ。おすすめはなんだ？」

そう笑いかけるジークハルト王の笑顔に負けて、私も柔らかい笑みを返す。

「ただ今、マンゴーフェスタを行《おこな》っております。おすすめは、マンゴームースケーキです」

「うむ、ならそれをいただこう」

「はい。お一つでよろしいでしょうか？」

お連れの二人に視線を向ける。

シバさんは「自分は結構です」と丁寧に断ると、白いドアの横へ見張りに立った。

ジェスミーさんは「わたくしはいただきますわ」と、ジークハルト王の隣に腰を下ろす。

「かしこまりました」

私はすぐにキッチンに入って、マンゴームースケーキを一ホール出した。二切れ取ってお皿に載せたら、フォークを添えてお二人の前に並べる。

「ここのメニューはどれも絶品だと聞いた。まさかローニャ嬢の店だったとはな！　うむ!!　美味だ！」

豪快に唸《うな》るジークハルト王から、お褒《ほ》めの言葉をもらった。

「なめらかで甘くて、本当に美味《おい》しいですわ」

ジェスミーさんも、頬に手を当てて上品に微笑んだ。

「お口に合ってよかったです」

どうやらこの方が店を訪れたのは偶然だったらしい。

ジークハルト王には見知らぬ街を散策する趣味があるから、たまたまドムスカーザの街を訪れても不自然ではない。

そして私の店の噂を聞いて訪ねてきて、再会してしまった。

「……一つ頼みを聞いていただけないでしょうか、ジークハルト王陛下」

「ジークハルトでいい。なんだ、ローニャ嬢」

「私のことはローニャで構いません。ですが、ジークハルト王陛下を呼び捨てにはできません」

「ふむ……で、頼みとは？」

ちょっと不満げな表情を見せたけれど、ジークハルト王はそう尋ねてくれる。

「私がここにいることについて、どうか内密にしていただきたいのです」

「それは約束できないな」

ジークハルト王はきっぱりと断った。

「ルナテオーラ女王陛下やジェフリー国王陛下に、『ローニャはどこか』と尋ねられれば、正直に答えなくてはいけない」

「……はい、理解しております。ですが尋ねられるまで、他言しないでいただけないでしょうか」

「あいわかった」

ジークハルト王は、エルフの国や人間の国との関係を思うと、難しい立場にあるだろう。それでも私の頼みを引き受けてくれたことに、深く感謝する。

「しっかし、君がいなくなったと知り、心配したぞ」

「ご心配おかけして申し訳ありません、陛下」

「いや、謝ることはない。なぜシュナイダーと破局してしまったのだ？　わしは君達の結婚式を楽しみにしていたのだぞ。君がシュナイダーといる時は、それはそれは幸せな匂いを漂《ただよ》わせていたものだ。シュナイダーも同じだった。なのになぜこんなことになってしまったのだ？」

妖精ジンは、幸せの匂いを嗅《か》ぐことができるといわれている。

どうやらジークハルト王は、詳細を知らないようだ。悲しげな表情で見上げてくるジークハルト王に、なんと話せばいいのか迷ってしまった。

「……初めから、シュナイダーとは結ばれない運命だったのです。ただそれだけのことなのです」

「……そう思うようになった、何か悲しいわけがあるのだな」

ジークハルト王の顔に浮かぶ悲しみが濃くなった。けれど、すぐに柔和な笑みになる。

「だがしかし、再会できて安心した。今の君からも、幸せな匂いがする」

昨日は古い友人が訪ねてきてくれ、今日は幸せを与えてくれる妖精ジンの王と再会。

それだけではない。今思えば、令嬢をやめてからずっと幸運続きだ。

息もつけぬ目まぐるしい生活から抜け出して、大切な人に囲まれながらここでまったりと喫茶店を経営している。

特に獣人傭兵団さん達は、私が令嬢生活から逃げたと打ち明けても受け入れてくれた、心から信頼できる友人だ。ともにまったりしたいと思える同士。

彼らに巡り会えて、私は幸運だった。

「ここへ来てから、たくさんの幸運に恵まれました」

私は顔を綻《ほころ》ばせる。

「不幸中の幸いというやつか。なんにせよ、幸せならよかった」

そう言って破顔してくれるジークハルト王。

「よかったら──」

ジークハルト王が何かを言いかけた時、シバさんがはっとして声を上げた。

「陛下！　来ました！」

「っ！」

その直後、バンと銃声が聞こえて窓ガラスが割れた。ジークハルト王とジェスミーさんは、とっさにカウンターテーブルを飛び越えてきて身を屈める。

奇襲だ。

そう理解した私は、カウンターテーブルの周りに急いで結界を張った。

それから一瞬と経たないうちに弾丸の雨が降り注《そそ》ぐ。店が蜂《はち》の巣にされてしまうのではないかと思うほど。

ジークハルト王に護衛がつく理由はこれだ。

妖精ジンを奴隷化しようとする組織は、まだ存在している。彼らはジークハルト王さえいなければまたジンを自由に扱えると思っているらしく、王を亡き者にしようと狙っているのだ。

ジンの国ができてから百年経つが、初代国王であるジークハルト王は独り身で、まだ後継者もいない。こうして狙われるのは、珍しくないと聞いていた。

「かははは！」

「……」

こんな状況なのに、ジークハルト王は豪快に笑っている。

私は耳をつんざく弾丸の音に顔をしかめつつも、笑みを崩さないように心がけた。

──大丈夫。魔法で店は直せるわ。

心配なのは、二階にいるリューのことだ。

寝起きする二階には、大砲を撃たれようともビクとしない結界を張ってある。けれど騒ぎを聞きつけたリューが様子をうかがいに下りてこないかとドキドキした。

「なぁに、心配はいらん！　弾には限りがあるからな！　迷惑をかけてすまんなぁ、ローニャよ！」

「いえ、お構いなく」

私は答えつつ、あることに気付いて声を上げた。

「あっ！」

「ん？　どうしたのだ!?」

「ど、どうしましょう。お客さんがこれから来るのにっ！」

弾丸の雨が降り注《そそ》ぐ中、私はそろそろ獣人傭兵団の皆さんが来る時間だと気付いて頭を抱える。

「こんな状況で客の心配か！　なんて仕事熱心な！　素晴らしいな、ローニャは！」

「ち、違うのです！」

つい声を張り上げてしまったが、銃声で掻き消される。

すると弾丸の雨がやんで、銃声の代わりに外から悲鳴が響いてきた。

ああ、来てしまったようだ。

私は蹲《うずくま》ったまま額を押さえた。

「お嬢!!　大丈夫!?」

立ち上がると同時に、穴だらけになった白いドアを開けてリュセさんが飛び込んできた。

半獣の姿をとったリュセさんは真っ先に私の手を取って、無事を確認すると「はぁあ」と大きなため息を落とす。

「あいつら……許せねえ……店をこんなに荒らしやがって!!」

グルル、と唸《うな》ると、リュセさんはドカドカと乱暴な足取りで外へ戻っていく。

「リュセさん……あの――」

「てめぇら!! 覚悟はできてるんだろうな!?」

呼び止める声は、リュセさんの怒鳴り声によって遮《さえぎ》られた。

空気を震わせる大声に、私は瞼《まぶた》をきつく閉じる。

大きな声は苦手だ。いつものリュセさんやチセさんの口論ならいいけれど、明らかな敵意がこもった声は身をすくませる。

外では戦っている騒音や、怒声が飛び交っていた。気付けばシバさんもいない。参戦しているに違いない。

まもなくして、シゼさんが入ってきた。純黒《じゅんこく》の獅子がご立腹なのは雰囲気でわかる。

店を一瞥《いちべつ》して、今にも舌打ちしそうなしかめっ面《つら》。

はっきり言って、すごく怖い。唸《うな》り声を聞けば、震え上がってしまうだろう。

そんなシゼさんに圧倒されながらも、私は微笑みを絶やさずに言う。

「大丈夫です、シゼさん。魔法ですぐに直せます」

「……」

シゼさんは、何も言わなかった。

「外のほうは大丈夫でしょうか、皆さんお怪我はありませんか？」

「……」

「僕達なら心配いらないよ。外にいた奴らは片付けた」

沈黙するシゼさんの代わりに答えたのは、次に入ってきたセナさん。入口のところでパンパンと手を叩いて砂埃《すなぼこり》を払っている。

「それはよかったです。ご心配おかけしました」

「まったくだよ。銃声が聞こえたものだから、また悪魔が襲撃に来たのかと思った」

セナさんも一つ息を吐く。

「いやはや、あっぱれだ！　噂に聞いた最果ての最強獣人傭兵団とは君達のことか！」

笑い声とともにそう言ったのは、ジークハルト王。彼はカウンター席に座り直して、腕を組んでいた。

最果ての街で散策を楽しんでいた彼の耳にも、獣人傭兵団の噂は入っていたらしい。

「妖精ジン………？」

セナさんは初めて見るであろうジンを前にして首を傾げる。

その視線の先は、ジークハルト王の頭に載っている王冠に向けられていた。

「の、王様？」

ずばり言い当てるセナさん。さすが、目敏《めざと》い。

「わしはジークハルト。アラジン国の王だ」

ジークハルト王は、自分の素性を隠すことなく名乗った。

セナさんがジークハルト王から私に視線を移す。

私は苦笑しないよう心がけて、彼の言葉は真実だと頷《うなず》いた。

「今度は王様のお出ましってわけ……」

今度は？　その言葉の意味がわからなくて首を傾げていると、リュセさんが店に入ってきた。

「なぁ、お嬢。あの青い奴なんなの？」

青い奴とは、外で戦っていたジークハルト王の護衛の彼のことだろう。

「妖精ジンのシバさんです」

「へぇ、妖精ジンか。チセと睨《にら》み合ってんだけど」

チセさんは初対面の人を警戒するから、無理はない。

「シバよ。片付いたのなら、戻ってこい」

おーい、とジークハルト王はシバさんを呼ぶ。

「はい、陛下」

すると瞬《また》く間に、シバさんは戻ってきた。

「チセ」

短く、シゼさんが呼ぶ。

「おう、ボス」と、チセさんは尻尾を振って戻ってきた。

……似ていらっしゃる。きっとお二人は仲良くなれるはず。

「ローニャ。わしが店を直してやろう」

魔法で直そうとしてくれたジークハルト王を遮《さえぎ》って、ジェスミーさんが前に出た。

「いえ、陛下。わたくしが直しましょう」

「大丈夫です。この店にはもともと片付けの魔法をかけてありますので」

ジェスミーさんの手を煩《わずら》わせることはない。

私はパンッと両手を合わせて鳴らし、そして両腕を大きく広げた。

店全体に満遍《まんべん》なく魔力を広げる。するとかけてあった魔法が作動してたちまち穴が塞《ふさ》がり、弾丸が私の掌《てのひら》に集まった。割れたガラスも、パズルのピースが嵌《は》まるように元通り。

一同はそれをじっと眺めていた。

「それで……外で暴れてた輩《やから》は縛り上げてあるけど、あれは王様に向けられた刺客ってこと?」

店が片付いたのを見て、セナさんが口を開く。

「はい、そのようです」

「手伝ってくれてありがとうな! 報酬《ほうしゅう》はわしが出そう」

ジークハルト王がそう言うと、セナさんの目がキラッと光った。

「高いよ? 僕達は獣人傭兵団。最果ての街で最強と謳《うた》われているほどの実力者だ」

「構わん! 出そう!」

「……よし」

セナさんの尻尾が珍しく揺れた。喜んでいるらしい。

金貨がぎっしり入っているであろう袋をジェスミーさんから手渡され、セナさんはフリフリと尻尾を揺らした。

「何なに? 王サマ? ぶは! ウケる! 初めて王サマに会ったわ」

リュセさんは相手がジンの王様だと知ると、お腹を抱えて笑い出す。指までさすものだから、私は慌ててやんわりとそれを下ろさせた。

「てか、ジンの王サマがなんでこんなところにいるの?」

リュセさんがそう続ける。ああ、せめて敬語を使いましょう。

そう言いたいけれど、相手が王様だからといって彼が素直に敬《うやま》うとは思えなかった。

「散策していたのだ。わしの趣味でな。オーフリルム王国は広いから、楽しいぞ」

「へぇー」

ジークハルト王は気にした様子もなく、気さくにリュセさんと話す。

リュセさんも態度を改めることなく、ジークハルト王の隣に座った。彼の特等席だ。

「この辺のことなら知り尽くしてるぜ」とリュセさんは語り出す。

その間に、シゼさん達はいつもの席に着く。通常通りだ。ジークハルト王がいるからといって、遠慮しない。

「店長！　マンゴームースケーキ!!」

「あっ、少々お待ちください。リューの様子を見てきます」

爛々《らんらん》と目を輝かせるチセさんには申し訳ないけれど、少し待ってもらうことにして、二階に行く。そこでは、リューがタオルケットにくるまってガクガクと震えていた。

「ごめんね、リュー。怖かったでしょう？　もう大丈夫」

「……ローニャ！」

リューは私の胸に飛び込んできた。

よしよし。

「真っ先に駆け付けられなくてごめんなさい」

謝りながら、リューの身体を両腕で包み込んであやした。

「私は下に下りるけれど、一緒に行く？　昨日来た獣人傭兵団さん達と、ジンの王ジークハルト様もいらっしゃるけれど……」

「ローニャといる……」

そう、と頭を撫《な》でる。それから一緒に一階の店に戻った。

「ジークハルト王、ご紹介します。フィーロ族のリューです」

「これは驚いた！　フィーロ族とはな。ジークハルトだ、よろしく」

フィーロ族だと知って目を見開きながらも、ジークハルト王は握手しようと手を差し伸べる。けれどリューがその手を取ることはなかった。

「……」

「ふむ。辛い目に遭《あ》ってきたのだろうな。何、害をもたらす存在ではない。同じ青き者だ、仲良くしようではないか」

リューが怯《おび》えている理由を察し、ジークハルト王は温かな眼差《まなざ》しで告げる。

するとリューは、私のスカートを握る手の力を緩めた。少しは警戒が緩んだようだ。

さすがはおおらかな性格の持ち主であり、一国の王に選ばれたお方。

「そこの青い獣人もだ！　仲良くしようではないか！」

ジークハルト王は、同じく警戒心を露《あら》わにしていたチセさんにも声をかける。

「お、おう……」

チセさんは戸惑いを隠せないらしく、目がキョロキョロ泳いでいる。

そんなチセさんに構うことなく、シゼさんは注文を口にした。

「いつもの。それとマンゴームースケーキ」

「オレも」

だるそうに言うシゼさんに続いて、チセさんも同じ注文をした。

「はい、かしこまりました」

「おお、マンゴームースケーキは絶品だったぞ」

「まじか、楽しみだわー」

リュセさんは相変わらず、ジークハルト王と砕けた態度で言葉を交わす。そんなリュセさんの注文も、同じもの。セナさんもムースケーキを注文した。

「お嬢の料理はなんでも絶品なんだぜ」

「わしも初めて口にした。ローニャは才色兼備だな」

「確かにそうだ」

そんな会話を聞いて恐縮しながら、ステーキを焼き上げる。

リューは相変わらず、私にしがみ付いたまま。

それからステーキを焼き終えた私は、セナさんにサンドイッチをお出しして、最後にケーキを取り出そうとして思わず声を上げた。

「わっ。…………チセさん、皆さん……ケーキが……」

銃撃戦に巻き込まれたケーキが、見るも無残な姿になってしまっていた。

私はグチャグチャになったケーキを取り出して皆さんに見せる。

「えっ。ケーキは直んないのかよ」

「魔法は建物自体にかけてあるので、ケーキはどうにも……」

「弾丸が入ってるわけじゃねーし。いいよ、そのまま寄越せ。食う」

「えっ？　そんなっ。これはお出しできませんっ」

見せたのが悪かった。チセさんはあっという間に私の手からケーキを奪い取ってしまう。

「チセさんっ」

「うめえ‼」

指ですくって食べてしまったチセさんは、シゼさんにもそれを差し出した。

私が取り返そうとする前に、シゼさんも指ですくって味見してしまう。

「……美味《うま》い。問題ない」

「あぁぁ……」

取り返そうと伸ばした手を、シゼさんのもふりとした黒い手によってそっと退《ど》かされる。

「いいよ、味は変わらないんだから。食べるよ」

「そんな……」

「全部出して。食べてあげるから」

セナさんまでもが、台無しになったケーキを食べると言い出す。

「わかりました。でもマンゴームースケーキのお代は結構ですからね」

「……わかった」

セナさんは少し間を空けてから頷《うなず》く。

すると、リュセさんとチセさんがニヤニヤした。その様子を見た私は、思わず声を上げる。

「あっ。またチップと称してお金をはずむ気でしょう？　やめてください、セナさん」

「チップをいくら出すかは、僕らの勝手でしょう」

「セナさん……」

どうやらセナさんはその気だったらしく、素知らぬ顔でサンドイッチにかぶりつく。

リュセさんとチセさんは、ゲラゲラと笑った。

「仲が良くていいなぁ！　かはは！」

ジークハルト王も笑って、店の中には皆の笑い声が響き渡った。

「ところでローニャよ。我が国に遊びに来ないか？」

しかし、ジークハルト王のその発言で空気が変わった。

いつもの調子で笑っていたリュセさん達は、ぴたりと話をやめる。どこかピリッとした雰囲気に、私は獣人傭兵団さん達の顔を見回した。

「傷心を癒《いや》すには我が国が一番！　ぜひとも我が国に来てくれ！」

「傷心を癒《いや》す？　そんな必要ねーと思うけどなぁ……行かなくていいよ、お嬢」

明らかに不機嫌な声で、リュセさんが断るように言う。

「一度ローニャを招きたいと思っていたのだ。ぜひとも遊びに来てくれ。ああ、獣人傭兵団の諸君もどうだ？」

「はっ？」

リュセさんは間の抜けた声を出して、口に運ぼうとしていたステーキを皿に落とす。

「そうだ！　わしの護衛として雇う形にすればどうだ！　そうしよう！」

「え？　それは……」

無理だと思います、と言おうとした。

獣人傭兵団さん達は、あくまでドムスカーザの街の傭兵。

彼らが守りたいと思う対象は、ドムスカーザの街なのだ。

「ローニャも頼む。君の頼みを聞くのだから、わしの頼みも聞くのだ。来てくれ」

「あ……はい。ジークハルト王のお誘い、謹《つつし》んでお受けいたします」

私の居場所を内緒にしてくれるのならば、その頼みは聞かざるを得ない。

それにジークハルト王の乗りものを使えば、アラジン国までは半日くらいで行けるし、帰りは移動魔法を使えば今夜中に戻ってこられるだろう。今日は大した用もないし、問題ない。

「リューも行きますか？」

私にギュッと抱き付いたままのリューに尋ねると、彼女は小さく頷《うなず》いた。

「お嬢！」

リュセさんが引き止めるように声を上げた。

「護衛の仕事、引き受ける」

開いている。

「えっ⁉　ボス⁉」

シゼさんの言葉に、リュセさんが驚いて口を開いた。

驚いたのはリュセさんだけじゃない。セナさんもチセさんも、皆立ち上がって目を見
開いている。

「ちょっとボス、ここはどうする気？」

「昨日の奴らがいるだろ」

シゼさんは、どうやら昨日来た傭兵団に留守を任せるつもりらしい。

「ああ……そう。わかった」

セナさんはそれだけを聞くと、席を立って店を出ていった。

「え⁉　あんな奴らに任せるのかよ⁉」

まさか、というように、チセさんが大きな声を出す。

チセさんもリュセさんも反対だ。しかし、シゼさんはそれ以上口を開かない。

その様子を見たチセさん達は、じっと黙った。シゼさんに従うと決めたようだ。

「……ということでオレ達も行くー」

リュセさんはジークハルト王にそう言った。

「そうか！　心強い！　ローニャもそう思うであろう？」

「……は、はい、陛下」

私は内心で苦笑をしてしまう。しかし、あることに気付いた。

「はっ……そういえば、ジークハルト王。確かお乗りものは……もふもふでしたね」

「おお。もふもふであるぞ」

「もふもふ……」

以前聞いたことがあるもふもふな乗りもの。ぜひ見てみたい。

「もふもふだ」

ジークハルト王はおかしそうにもう一度そう告げた。

3　空飛ぶもふもふ。

そのあとすぐに、昨日店を訪れたブロンドの美青年達をセナさんが連れてきた。その後ろにはセリーナさんことセスもいる。

「やっと仕事を譲る気に――」

「いいか。何人《なんぴと》たりとも侵入を許すな。一人でも怪しい奴を街に入れてみろ。その首を引き千切ってやる」

ブロンドの美青年が軽口を言う間もなく、シゼさんは冷たく言い放つ。

恐ろしい発言だ。純黒《じゅんこく》の獅子が表情を変えることなく言うものだから、それはそれは迫力がある。

真正面からその言葉を受け止めた彼らは、私よりも恐ろしく思ったのだろう。

コクリ、と喉を震わせて頷《うなず》いた。

「一日くらい、できるよな？」

「せいぜい目を光らせとけよ」

チセさんもリュセさんも、厳しい口調で言う。話はついたようだ。

それから私は店じまいを始めた。いつものように、蓮華《れんげ》の妖精ロト達に手伝ってもらって掃除もする。

「ふわあ」

魔法陣の中から出てきたロト達は、初めて会うジークハルト王達を見るなり、蜘蛛《くも》の子を散らすように逃げ惑った。

「かははっ！　妖精ロトか、わしも妖精だぞ！　ジンのジークハルト王だ！」

ジークハルト王はロト達を追いかけて挨拶《あいさつ》をするけれど、彼は大柄だからロト達は余計に怖がって隠れてしまう。

「ロトも人見知りなので……」

「なんだ。仲良くしたいのだが」

やんわりと止めようとすると、ジェスミーさんが口を開いた。

「先に出ていましょう、陛下」

ジェスミーさんに促《うなが》され、ジークハルト王は先に店を出て、街外れで出発の準備をしてくれることになった。

ジェスミーさんとシバさんは外に縛られていた刺客達を連れて、ジークハルト王とともに去っていく。

「あの人が、ジンの国の王様……？」

ジークハルト王が出ていった扉を見つめながら、セスが私の腕を掴んで問う。

「はい。王様なのです」

「……」

笑って答えたけれど、セスは私の腕をギュッと握りしめて浮かない顔をした。

「ほら、お掃除の邪魔だよ。出よう」

セナさんはセスの首根っこを掴むと、シゼさん達と一緒に店を出ていった。

それから私は、パンパンと手を叩いてロト達の注目を集める。

「お掃除、お願いします」

「あいっ！」

笑いかけると、ロト達は出てきて敬礼してくれる。

お掃除が終わったあとは、いつものようにでんぐり返しして白い魔法陣の中へ順番に飛び込み、帰っていった。

それから二階に行って、お出かけ用のドレスに着替える。

クローゼットから取り出したのは青を基調としたドレスで、裾と袖には白いフリル。

水色がかった白銀の髪は緩い三つ編みにして束ね、背中に下ろす。

本来ならもっときちんとした格好をすべきだと思うのだけれど、これ以上待たせてしまうのも失礼だと軽く済ませる。

ポケットにグレイ様からもらったアメジストを入れる。この石に念じるとグレイ様を私のもとに呼ぶことができるのだ。万が一、大変な事態が起こった時のために持っていくことにする。これで出かける準備はできた。

「お待たせしました」

外に出ると、セスが真っ先に気付いて近寄ってきた。

「わぁ！　お出かけ用のドレス？　素敵！」

「ありがとう、セス」

「へぇ……お嬢、綺麗じゃん」

リュセさんもにこりと笑って褒《ほ》めてくれる。リュセさんは手を伸ばして私の髪に触れようとしたけれど、セスがそれを叩いてたちまち二人は喧嘩を始める。

「行くよ。王様を待たせているんだから」

セナさんはその喧嘩をあっさり止めて先を急かした。

ブロンドの美青年達にドムスカーザの街を任せて、私達は街の外れに向かう。

「わーい！　他国へ行くの初めて！」

そんな風にセスだけははしゃいでいた。

街外れに待機していたのは、とてつもなく巨大なモップのような生きもの。話に聞いていた通りのもふもふ具合だ。

私の店くらいの大きな身体で、モップのような長く太い毛をたくさん垂らしている。

顔立ちは犬のようで、もふもふした尻尾もあった。

私が目をきらきらさせながら見つめていると、そのモップのような生きものは唐突に吠えた。

「わふっ！」

名はペロというそうだ。なんとも犬らしい。

色は薄茶色で、その背には大きなかごがついている。そのかごの中も、もふもふで満ちていた。それもペロの毛らしい。

「くつろぐといい」

真っ先にかごの中に乗り込み、ジークハルト王がどかっと座る。

隣に座るように促《うなが》されて、そこに腰かけようとした。けれど先にリュセさんがビュンッと私の横をすり抜けて、ジークハルト王の隣に座ってしまう。そして、ポンポンと尻尾で隣を叩いて見せた。

私はくすっと笑みを零《こぼ》して、リュセさんの隣に腰を下ろす。

ドレス越しでもわかるくらいふわっとする。もふもふだ。

私達の向かい側にはチセさん、セナさん、セス、シゼさんが座る。ジークハルト王のお付きの二人は、背中を守るように、彼の後ろに腰かけた。

リューがぴったりと私に身を寄せて座ったのを見て、ジークハルト王が声を張り上げた。

「ペロ！　前進するのだ！」

「わふっ！」

大きな揺れが一つ起き、ペロは空に向かって進む。それからは特に大きく揺れることもなく、わずかな揺れだけが感じられた。

なんだか電車に乗っているみたいだ。

ペロは走っているらしいけれど、遠目に見ると絨毯《じゅうたん》が空を飛んでいるように見えるので、呼び名はそのまま『空飛ぶ絨毯《じゅうたん》』というのだとか。荒れ地を飛ぶ絨毯《じゅうたん》。素敵だ。

前世で読んだアラビアンな物語を思い出して、うろ覚えの歌まで口ずさんでしまいそう。

「お嬢、楽しそうだな」

「はい」

「そっかー」

隣に座るリュセさんはニコニコしていた。

彼も彼で楽しそうだ。白くて太く長い尻尾が、大きくゆらゆらと左右に行き来している。ご機嫌な証《あかし》だ。

「かはは！」

ジークハルト王が笑い声をかごの中に響かせた。

「ん？　なんだよ、急に笑い出して」

「いや！　リュセから幸せな匂いがしてな！」

「匂い？」

リュセさんは、不思議そうに自分の匂いをスンスンと確認した。

「妖精ジンは幸せの匂いを嗅《か》ぐことができるそうなのです」

私がそう教えると、ジークハルト王がリュセさんの頭を撫《な》でる。

「そして触れた相手に幸福感を与える」

「……へー。なんか、いいな。いい気分だ」

これがジンの能力。だから幸せを与える妖精といわれている。

リュセさんは撫《な》でられながら、気持ち良さそうに瞼《まぶた》を閉じた。

でもリュセさんはすぐにハッとしたように目を開くと、ジークハルト王を凝視した。

それからなぜか立ち上がって、私達の向かい側にいたセナさんの隣に移動した。

その行動の意味が私にはわからなかったけれど、ジークハルト王は気を悪くせずにただ笑っている。

「僕も試させてもらってもいいかな」

リュセさんと入れ代わるように、セナさんがジークハルト王の隣に来た。本当に遠慮というものがない。けれどセスだけは慎重に様子見しているらしく、シゼさんに寄り添ってじっと座っていた。

「よいぞ」

ジークハルト王とセナさんは握手をする。

「……へぇ。なるほどね」

セナさんは何かに納得がいったらしく、頷《うなず》いてジークハルト王と私の間に腰を下ろす。

するとセスも近くに移動してきて、リューがびっくりして私の膝に乗り、ギュッと抱き付いてきた。

セスは小首を傾げつつも、リューがいた場所に座って私に身を寄せた。

「紹介がまだでしたね、セス。こちら、リューです。リュー、彼はセス」

「よろしく、リューちゃん！」

「……」

笑顔で挨拶《あいさつ》するセスにも、リューは人見知りを発揮してしまう。

けれどすぐ慣れるでしょう。私はそう思いながらリューの頭を撫《な》でた。

すると、左肩に重みを感じる。セナさんが、凭《もた》れてきたのだ。

「少し仮眠をとらせてもらうよ。もちろん交代で」

「僕もお昼寝しよーっと」

そう言ってセスも私の肩に凭《もた》れてくる。

シゼさんも目を閉じて、起きているのはチセさんとリュセさんだけになった。

セナさんとセスのもふもふのお耳が頬に触れて、温かさを感じた。

すりすりとセナさんの頭に頬ずりしてみる。するとピクンと耳がはねた。

続いてセスの頭にも頬ずりしてみれば、すりすりーっとセスももふもふをすり付けてくれる。

もふもふ天国。リュー、もふもふ天国ですよ！

そう伝えるようにリューの頬をツンツンとつついてみるけれど、興味が湧かないのか、フルフルと首を横に振られてしまった。素晴らしいもふもふなのに……。

リューはまだまだ獣人傭兵団さん達に慣れないみたいだ。

仕方なく、両腕で包むように抱きしめた。そうすれば、リューもギュッと抱きしめ返してくれる。

「っていうかさー。移動魔法、使えないわけ？　お嬢は使えるのに、王サマ達は使えないのー？」

リュセさんが、いつもの調子で尋ねる。

「なーに言っているんだ、リュセ。こうしてまったりと過ごすのも、旅の醍醐味《だいごみ》じゃないか！」

ジークハルト王が豪快に笑って言う。

私は賛同して頷《うなず》く。

電車――もといペロに揺られてまったりするのもいいものです。

「いいですよね、まったり」

「いいだろう。まったり」

セナさんを挟んで、ジークハルト王と微笑み合う。

「ちなみに、移動魔法なら使えますわ」

ジェスミーさんが、名誉のためとばかりにリュセさんの質問に答えた。

「そういえば、傭兵団の皆さんとローニャ様はどんな風に出会ったのですか？」

ジェスミーさんがそんな話題を振る。

「ああ、それは……獣人傭兵団の皆さんが、私の店に来てくださったことがきっかけです。ね？　リュセさん」

「あーうん」

「あれからもう、三ヶ月経ちますね」

私の言葉に頷《うなず》くリュセさんに続いて、チセさんがボソッと口を開いた。

「……へぇ。もう三ヶ月か」

「まだ三ヶ月の付き合いにしては、随分《ずいぶん》と親しげですわね」

ジェスミーさんが、驚いたように言う。

もう三ヶ月。まだ三ヶ月。

時間の感覚は、人それぞれだ。

「濃密な三ヶ月だったもんなぁ。毎日のようにお嬢と会ってたしぃ？」

リュセさんが、にんまりとする。

確かに、定休日以外はほとんど毎日来てくれた。たまに定休日にも来るくらいだ。

「うむ！　よい友ができて何よりだ！　ローニャが不幸な日々を過ごしてはいまいかと、心配で堪らなかったのだ」

「なんでアンタが心配すんだよ」

リュセさんがジークハルト王を指さして『アンタ』だなんて言うものだから、ひやっとした。声にも棘《とげ》がある。

「そりゃそうだ！　わしはローニャの結婚式を楽しみに待っていたのだからな！」

「け、結婚!?」

リュセさんが大声を上げた。肩に凭《もた》れているセナさんとセスの大きな耳がぴくっと動いて、私の頬にぶつかる。私は焦っておろおろしてしまう。

「あ、あの、この話はやめておきましょう。やめてください、お願いします」

切実にそう頼む。けれどリュセさんは気になってしまったらしい。

「ちょっと待って。オレは聞きたい」

「あ！　すまぬ！　傷口を広げるような真似をして、本当にすまない！　今の発言はなかったことにしよう！」

「ちょっと！　オレは聞きたい！」

「だめだ！　リュセ！　ローニャが可哀想ではないか！」

「ぐっ……ちょっとだけ！」

「だめだ！」

ジークハルト王は、頑《かたく》なに首を横に振った。

身を乗り出したリュセさんは、ガクリと項垂《うなだ》れる。そのあとすぐに私に問い詰めたそうな視線を向けてきた。

忘れてください。

私は苦笑を浮かべ、掌《てのひら》を合わせてお願いする。

するとリュセさんは、またガクリと項垂《うなだ》れた。

「ジークハルト王は、お変わりないですか？」

話題を変えようと、私はジークハルト王に話しかける。

「ん？　んー、ないなぁ。奴隷の売買をする組織の殲滅《せんめつ》には今一歩及ばないし、よいことといえば、ローニャと再会できたことくらいだな！　幸せだ！」

「それは光栄です。私もこうしてお会いできてよかったです」

奴隷の売買をする組織の殲滅《せんめつ》、か。

奴隷と聞いて、リューは私の腕にしがみ付いた。安心させるように、その頭をそっと撫《な》でる。

そんなリューを見て、ジークハルト王はにっかりと笑いかけた。

「我が国で、存分にもてなしてやろうぞ」

ジンの国。着くのは、大体夕方くらいだろうか。

きっと、幸せな夜になるだろう。リューも獣人傭兵団の皆さんも、楽しめるといい。

私はジークハルト王に笑みを返した。

ゆらゆら揺られて、やがて忍び寄ってきた眠気に身を任せる。私はそっと瞼《まぶた》を閉じた。

4　お楽しみ。＊リュセ＊

オレは、むっすりとしてしまう。

お嬢の肩にセナとセスが凭《もた》れていて、すごく羨《うらや》ましい。

オレだってお嬢に触れたいし、じゃれたい。

でもお嬢に近付くと、ジンの王サマに幸せだって気付かれてしまう。

楽しげなお嬢を見ていると幸せな気分になるから、オレの幸せを嗅《か》ぎ付けた王サマが、口を滑らせないか心配だ。

妖精ジンの前では、迂闊《うかつ》にお嬢の隣に行けねえ。気が抜けない旅行になっちまった。

いやまあ、これもれっきとした仕事なんだけどさ。

あーむかつく！

セナとセスみたいに、お嬢に凭《もた》れて眠りてぇ！

お嬢の寝顔を見ていると、尻尾が自然に揺れる。

スカイブルーに煌《きら》めく白銀の髪、白銀の睫毛《まつげ》、桜色の唇、色白の肌。

寝顔まで綺麗だ。

頬杖をついて、その寝顔を眺める。

ふと気付けば、ジンの王サマとそのお付きの女がニヤニヤしてオレを見ていた。

近付かなくても、オレの幸せの匂いを嗅《か》ぎ付けるのかよ。

オレは恥ずかしくなって俯《うつむ》き、無意味に髪をいじった。

お嬢のこと好きだって、妖精ジンにバレバレじゃねぇか。

気に食わないことはそれだけじゃない。

お嬢の結婚式ってなんだ。

聞いてねえぞおい。お嬢は結婚間近だったってことなのかよ。

セナだって驚いた素振りを見せた。シゼはピクリともしなかったけど、いつもあんな感じだから驚いてたのかどうかわかりゃしない。

お嬢とはかなり距離が縮んだ気がするのに、まだ秘密があるのかよ。

気に入らねーな。

シュナイダーって奴が結婚相手だったのか。

結婚寸前だったのに、お嬢をフッたってことなのか。

ひでー奴じゃん。

まじ許せねえ。

まぁ、オレらがお嬢と出会えたのは、そのひでー奴のおかげなんだろうけど。

でも、やっぱりお嬢を傷付けた奴は許せねえ。

「……」

唸《うな》り声を上げそうになるのを堪《こら》えていると、リューに目が留まった。

うとうとしているそいつに近付いて、白いローブを摘まむ。

「おい、リュー」

「……っ！」

オレを目にするなり、リューは怯《おび》えた表情になった。

癖の強い青い髪が目元を隠しているけれど、怯《おび》えているのはよくわかる。

別に取って食いはしないのに。

「怯《おび》えんなよ。ローニャのことで話があるんだ」

ローニャを起こさないように、声を潜《ひそ》めて言う。

すると少しは聞く気になったのか、リューはじっとこちらを見上げてきた。

「ローニャにプレゼントしたいんだよ、サファイアのネックレス。お前の力を貸してくれ」

にぃっと笑いかける。

リューがサファイアを出す種族だって聞いてから、オレは考えていたんだ。

リューのサファイアで作ったネックレスをお嬢にあげる。

お嬢の喜ぶ顔を想像すると、にやけてしまう。

するとリューは目を見開いて、身を乗り出してオレに近付いてきた。

「……それでローニャを口説く気？」

初めてこいつから近寄ってきたかと思えば、リューは目を吊り上げて責めるように問い詰めてくる。

「ローニャもサファイアも渡さないからっ」

声を潜《ひそ》めてはいるけれど、きっぱりと言い放つリュー。

「なっ」

予想していた口調とは違う。もうちょっと子どもっぽいと思っていたのに、やけに大人びている。

リューはぷいっと顔を背け、ローニャの胸に顔を埋めた。

うっ！　羨《うらや》ましい！

その拍子に、ローニャが起きてしまった。

「ん……？」

大きな青い瞳が、オレを映す。

「どうかしましたか……？」

寝惚《ねぼ》けた声音で言いながら、お嬢がオレを見上げた。

か、可愛い……

「べ、別に……」

オレはそろりと後ろに下がる。

お嬢、可愛すぎだ。

「……？」

眠たそうな目でオレをポーッと見つめたあと、また瞼《まぶた》を閉じた。

まだお嬢の胸に顔を埋めているリューは、こちらを振り返って舌を出してくる。

「……ベーっ」

カッチーン！

お嬢にプレゼントを贈りたいだけなのに、なんなんだよこいつは！　ムカつくー！

それに、お嬢の胸で眠るなんて羨《うらや》ましすぎる！

お嬢からひっぺがしてやろうかと、また近付こうとしたら……

「邪魔すんなよ、リュセ」

チセがオレの上着を引っ張ってくる。

セナ達の仮眠を邪魔するなってか。

チセのほうを振り返ると、かごの外に目を向けてしっかり仕事をしていた。

別にそう警戒しなくても、ペロとかいう巨大生物に襲いかかる馬鹿はいないだろう。

お嬢の店を壊した奴らは、かごの外に縛り付けてあるから平気。

「くあー」

オレはチセと肩を並べて欠伸《あくび》を漏らす。

ペロのほどよい揺れのせいで、揺りかごの中にいるようで眠たくなる。

お嬢達の言う通り、こうしてまったりするのもいい。なんか気持ち良く眠れそう。

「おい、まだ眠るなよ」

チセに釘をさされた。

わかってるし。

「リュセさん」

名前を呼ばれてそちらを見れば、ジンの女がオレの隣に座った。確か名前はジェスミーだったか。

チセはビクッとして身構えている。

「ローニャさんの結婚の話、聞きたいですか？」

「っ！　聞きたい！」

「でも秘密ですわ」

ジェスミーは、お嬢みたいに口に手を添えて上品に笑う。

「……なんだよ、それ」

遊ばれた。結局教えてくれないらしい。

「リュセさん。この民族衣装、どう思いますか？」

ジェスミーは自分が着ている服を指さして尋ねてくる。

「ん？　いいんじゃねーの。露出は激しいけど、それもいい感じ」

妖精ジンの民族衣装。ノースリーブでお腹を覆《おお》う布はなく、ジャラジャラと胸と首に装飾がある。

オーフリルム王国ではこんな風に露出が多い服を着ないけれど、ジンの民族衣装はいやらしさを感じさせない。

「左様ですか」

ジェスミーが、ニヤリと笑った。何か企んでいるって感じた。

「なんだよ、何企んでいるんだよ。教えろよー」

「ふふ。教えてほしいですか？」

「ああ」

素直に頷《うなず》くと、ジェスミーは教えてくれる気になったらしい。

オレの頭についた耳に口を近付けてそっと囁《ささや》く。

「ローニャ様がこれを着たら、喜ばれますか？」

「なっ」

一瞬その光景を想像してしまい、ピクリと耳がはねた。

お嬢が、そのジンの民族衣装を着るのか？

何それ見てみたい。見てみたい！

オレはブンブンと首を縦に振った。

「ふふ、ではお楽しみに」

たったそれだけのことで、オレはジンの国を訪れるのが楽しみになったのだった。

第5章 ❖ ジンの国。

1 宴《うたげ》。

青き妖精ジンの国。

二つの大国に守られた小さな王国には、白い壁と白い屋根の建物が並んでいて、素朴な印象だった。

けれど街の中心にあるアラビアンな雰囲気の宮殿は黄金に輝いている。

私達はその宮殿に通された。

「やっべー……すんげえ」

「ぱねー」

リュセさんとチセさんが口をあんぐりと開けて宮殿を見上げる。

中に入ると、高い天井にはシャンデリアがぶら下がっていて、豪華な内装を細部まで照らしていた。

「素敵な宮殿ですね」

「かはは！　それはありがとう」

感動して言うと、ジークハルト王は豪快に笑った。

長い廊下を歩いていくと、中庭が見えてきて、そこには青い薔薇《ばら》が咲き誇っている。

ブルーローズ。アラジン国の国花だ。

夕暮れ色に染まる庭から芳《かぐわ》しい香りが漂《ただよ》ってくる。

「素敵です……」

「朝焼けの中庭も格別だぞ。明日の朝までいるといい」

「せっかくですが、夕食をご馳走になったら帰ります。獣人傭兵団さんもお仕事がありますし……」

「そうそう。お嬢の移動魔法で帰るからー」

リュセさんがとてもご機嫌な調子で言う。

なぜだろう。尻尾がフリフリとリズミカルに揺れている。

「そうなのか……数日滞在してもいいのだぞ？」

ジークハルト王が、寂しそうに見つめてきた。それをシゼさんが一蹴する。

「だめだ」

ジークハルト王はしょんぼりと眉尻を下げているけれど、純黒《じゅんこく》の獅子さんは微動だにしない。

「絶対にだ」

「絶対にか？」

「ローニャだけでも……」

「だめだ」

シゼさんが代わりに断ってくれたけれど、私もきちんとジークハルト王に答える。

「せっかくなのですが、私も仕事がありますので……」

「そうか、残念だ。なら、今夜は盛大にもてなそう！」

そ、そこはほどほどに……むしろこぢんまりでもいいです——とは言えなくて、流れに身を任せることにした。

「ローニャ様は、こちらでお着替えです」

「はい？」

ジェスミーさんに呼ばれて、私は目を瞬《またた》かせた。

「えっと……まさか……着替えって……」

踊り子のような衣装に身を包んだジェスミーさんを上から下まで見て、あはは、と乾いた笑いを漏らしてしまう。

けれどジェスミーさんは柔和な笑みを浮かべて頷《うなず》いた。

「……………」

ジンの民族衣装を着るなんて嫌です、とは言えない。

「……わかりました」

私は諦めて、ジェスミーさんのあとについていった。すると、リューもあとをついてくる。

とある一室に案内され、そこで着替えることに。

ジェスミーさんに手伝ってもらって、コルセットを緩めて民族衣装を着た。

「あ……あのぉ……おへそが出ないデザインはないのですか？　ジェスミーさん」

胸飾りをいじっているジェスミーさんに問いながら、私は露出したお腹をさする。

着せられた衣装は露出が多く、お腹だけでなく胸の谷間まで晒《さら》されている。

これで獣人傭兵団さん達の前には出られない。

「あら……お嫌ですか？　とってもお似合いですのに。これが似合うなんて、ローニャ様は素晴らしい体形をなさっています」

いや、そういうことではなくて……

「……まぁ、人間の女性には抵抗があるでしょう。そう言われると思って、もう少し露出の少ないものも用意してあります」

最初からそれを出してほしかったです。

にっこり笑いかけてくるジェスミーさんが手にしているのは、鮮やかなブルーのワンピースだった。

ジンの民族衣装ではあるらしく、ノースリーブで膝より下は露出しているけれど、胸元を晒《さら》さなくてよいのでずっといい。

薄いレース生地のそれをまとうと、宝石がちりばめられた首飾りや胸飾り、腕飾りを足される。

ここまでしなくてもいいのに、と思ったけれど、ジークハルト王のお相手をするのだから、これくらい当然なのかもしれない。

長い髪は一度ほどかれ、櫛《くし》で梳《と》かされたあとまた三つ編みにされる。仕上げに青い薔《ば》薇《ら》の髪飾りと耳飾りをつけられた。

「はい、完成です」

「ありがとうございます、ジェスミーさん」

「獣人傭兵団さん達が喜びますね」

「え？　なぜですか？」

「ふふ」

尋ねてもジェスミーさんは笑うだけで、答えてはくれなかった。

「ローニャ、綺麗」

リューは、そう言って破顔する。ジェスミーさんには慣れてきたらしく、さっきまでより少し緊張がほぐれてきたみたいだ。

「私はいい」

「リューも着替えない？」

提案してみるものの、首を横に振られてしまう。一緒に着てくれると嬉しいのだけれど……

私は観念して、着てきたドレスのポケットからアメジストの石を取り出し、宴《うたげ》の席へ向かった。

ジェスミーさんに案内されたのは、王の広間。

壁がない開放的な空間で、青い薔薇《ばら》の咲く中庭を見下ろせる造りになっている。反対側からは、街も見渡せた。

部屋の奥に置かれた黄金の玉座に、ジークハルト王は座っている。玉座は座椅子のような形で、その前には大きな絨毯《じゅうたん》が敷かれている。

その上にはふかふかしたクッションがいくつも並べられていて、妖精ジン達が宴《うたげ》の準備をしていた。

ジークハルト王のそばにはシゼさん達もいる。

「お嬢……！」

ズボンのポケットに手を入れて立っていたリュセさんが、私に気付いてライトブルーの目を見開く。

リュセさんの声で、他の皆さんもぱっと私のほうを向いた。

「どうでしょうか……？　ジンの民族衣装なのですが……」

やっぱりちょっと気恥ずかしい。

いつもは隠れている足が見えてしまっているし、腕も晒《さら》されていて落ち着けなかった。

どうだろう。見苦しくないだろうか。心配だ。

「ちょ……超綺麗！　お嬢！」

真っ先にそう言ってくれたのは、リュセさん。

「きゃー！　綺麗だよ！　ローニャ！」

次に反応してくれたのは、セスだ。彼は私の周りをぐるぐる回って、様々な角度から見つめてくる。

どことなく羨《うらや》ましそうな目で見られている気がして、私は口を開いた。

「セスも民族衣装、着させてもらったらどうかしら？」

「いいの!?」

セスが目をキラキラさせているのを見て、ジェスミーさんが答えてくれる。

「セス様にもぴったりのものがありますよ」

するとセスは大喜びして、ジェスミーさんについていった。尻尾が激しく揺れている。

「君がジンの民族衣装を着ているところなんて想像つかなかったけれど……結構似合ってるよ」

「ありがとうございます、セナさん。リュセさんも」

褒《ほ》めてくれたセナさんとリュセさんに微笑みを返す。

その時ふと、熱い視線を感じて目をそちらに向けた。視線の主は、シゼさんだ。

沈黙したまま、じっと私を見ていた。吟味《ぎんみ》するようなその視線に、私は羞恥心《しゅうちしん》を抱いてしまう。

「シ、シゼさん……そう見られますと、恥ずかしいのですが……」

「……」

「シ、シゼさんっ」

伝えても、シゼさんはじっと見つめてくる。

さすがに笑みが引きつりそうになった。

「やめなよ、シゼ」

セナさんが言うものの、シゼさんの視線が私から離れることはない。

そんな視線から逃げるように目を泳がせると、チセさんに目が留まる。

彼は腕を組んで、シゼさんとセナさんのやり取りを眺めていた。

どうかしたのでしょうか、チセさん。

そう思って見つめていると、私の視線に気づいたのか、チセさんがぱっとこちらを向いた。

「あ、似合ってるぜ。ローニャ」

「ありがとうございます、チセさん」

目が合うとニカッと笑みを向けてくれたので、お礼と笑みを返す。

その時、パタパタと駆けてくる音が聞こえてきてそちらを見ると、おへそが出るタイプの民族衣装に身を包んだ人間の姿のセスが戻ってきた。

「見て見て！」

セスはまっすぐこちらへ駆けてきて、私に飛びついた。

「セス。早いですね」

「ローニャみたいに、あっちこっち飾りつけてないからね。でも可愛いでしょ！」

セスは言いながらクルリと回ってみせる。

「はい、とても可愛らしくて似合っています」

「えへへ」

確かに可愛い。それに、くびれたウエストに細い腰や、すっきりしたお腹周りが羨《うらや》ましい。

「さっさと宴《うたげ》を始めようぜ」

「うーん、美味《うま》そうな匂い！」

セスの格好については何も言わず、リュセさんとチセさんはジークハルト王を見る。

「ちょっと！　なんか感想ないの⁉」

セスはプンプン怒るけれども、リュセさんとチセさんは無視。

ますます怒りを募らせるセスを見て、私とセナさんは慌てて宥《なだ》めた。

「セナさん達は着てみないのですか？」

「僕達はいいんだ。仕事も兼ねていることだしね」

獣人傭兵団さんのアラビアンな姿を見られないのは残念だ。

その時、ジークハルト王がパンパンと手を叩いた。

宴《うたげ》の準備が整ったらしい。

「さぁ席に着きたまえ。ローニャ、獣人傭兵団の諸君！　宴《うたげ》を始めようではないか！　かはは！」

席と言っても、絨毯《じゅうたん》の上に敷かれたクッションのこと。

私は玉座のそばの席に、リューと座る。隣にはセス、セナさん、シゼさん、チセさん、リュセさんの順番で車座になって座った。

目の前には、美味《おい》しそうな料理がたくさん並んでいる。

笛の音が聴こえてきたかと思えば、シャランシャランと音を立ててジンの踊り子達が出てきた。

踊り子達が舞うたびに、金の装飾が煌《きら》びやかな光を放つ。

ひらりひらりと舞う彼女達の洗練された動きに見惚《みと》れる。

「この肉うっめぇー!!」

そんな踊りに魅了されていたのも束の間。チセさんがまるっと焼き上がったお肉の塊《かたまり》を持って声を上げた。

「この前のご馳走もよかったけどよ、店長もこういうの作ってくれよ！」

「はい。レシピを聞いておきますね」

思わずクスッと笑ってしまう。

レシピはあとでジェスミーさんにでも聞いてみよう。

私はご馳走を口にしつつ、獣人傭兵団さんのことを観察してみた。

チセさんは言わずもがな、ご馳走に夢中。

セスは食事には手をつけず、目を輝かせて踊りを堪能《たんのう》している。

セナさんも踊りに目をやりながら、ご馳走を少しずつ口に運んでいた。

シゼさんは黙々と食べつつも、踊りをチラ見している。

リュセさんは、身を乗り出して踊りに夢中の様子だった。

私の膝の上に座ったリューも踊りに夢中。

最後に玉座のジークハルト王に目をやると、頬杖をついて私達を眺めている。どうやらこちらの反応を楽しんでいるみたいだ。その様子はとても満足げだった。

ジークハルト王と目が合い笑みを交わした時、広間に魔法陣が浮かび上がり、白い光を放った。

その中から姿を現したのは、鹿の角のような白い枝の冠《かんむり》を被った精霊——オリフェドート。

「久しいな。ジンの王ジークハルトよ」

「おお！　精霊オリフェドート!!」

ニヤッと笑ってみせるオリフェドートを、ジークハルト王は玉座から立ち上がって歓迎した。

「久しいな！　今宵はなぜ参ったのだ？」

「我が友ローニャを宴《うたげ》に誘ったと聞いてな。我も邪魔しに来た」

私を一瞥《いちべつ》して、オリフェドートはジークハルト王に歩み寄る。

「そうかそうか！　精霊オリフェドートが来るとわかっていたのなら、宴《うたげ》の開始をもう少し待ったのに！　許してくれ！　かはは！」

オリフェドート相手にも、気さくな口調で話すジークハルト王。

「構わぬ。こちらも事前に何も告げていなかったからな。ささやかな土産を持ってきた。ジークハルト、シゼ、ローニャよ」

シゼさんと私にも視線を寄越して、オリフェドートはひょうたんを掲げてみせた。オリフェドートの森特製のお酒だろう。

「礼を言う！　ありがとう！　では、さっそく飲むとしよう！　ジェスミー」

「はい、かしこまりました。陛下」

そばに控えていたジェスミーさんは、会釈《えしゃく》をしてオリフェドートからひょうたんを受け取った。

そしてそれを、シゼさんや私達に注《つ》いでくれる。

蜂蜜《はちみつ》のような甘い香りがして、脳裏に浮かんだのはシゼさんと過ごした一夜のこと。

結局、途中から記憶がおぼろげで、宴《うたげ》の最後は覚えていない。

横目でシゼさんを見てみれば、彼も私を見ていて目が合ってしまう。

「っ！」

純黒《じゅんこく》の獅子が不敵に笑っているように見えた。

私はバッと視線を逸《そ》らし、料理に目を落とす。

「あれ、ローニャ。もう酔ったの？　ほっぺた、ちょっと赤いよ」

セスに指摘されて、慌てて誤魔化《ごまか》す。

「しょ、少々」

「お酒弱いのー？　まぁ僕も強くはないんだけどね」

私は何も答えず、濃厚なお酒を一口飲んだ。とろりとした熱が喉を通っていく。

オリフェドートはというと玉座の隣に立って、ジークハルト王と何やらひそひそ話をしていた。

何を話しているのだろうか。

気になったけれど、私は大人しく座ったまま踊りを眺めた。

「お、じょ、お！」

「わっ」

後ろから何かがもふっと覆《おお》い被さってきたかと思えば、純白のチーターのリュセさんだった。

その様子を見て、セスが眉をひそめる。

「リュセ。もう酔ってるの？」

「酔ってねーし」

セスに言い返しながら、リュセさんはムギュッと私を締め付ける。

酔っていないとは言いつつも、いつもならこんなことしない……と思う。いや、どうだったかしら。

隙あらば抱き付こうとされていた気もする。

「楽しんでるか？　お嬢」

「はい。リュセさんも楽しんでいますか？」

「お嬢が楽しんでるなら、オレも楽しい」

もふもふの頬で、すりすり頬ずりされた。

もふもふは素敵なのだけれど、後ろから羽交《はが》い締《じ》めにされて異性に頬ずりされていると思うと、顔が熱くなってしまう。

「お嬢。覚えてる？　オレに抱き付いてもふもふしたこと」

耳に直接息を吹き込むように囁《ささや》かれ、先日の記憶が浮かび上がる。

リュセさんに好きにもふもふしていいと言われて、私は彼を押し倒して存分にもふもふした。

じゃれるのは獣人族にとって友好の証《あかし》だといえども、私から思いっきりじゃれてしまったことを思い出して、今更ながらに恥ずかしくなってしまう。

「お嬢、かっわいいー！」

熱が集まっていく私の頬を見て、リュセさんは楽しそうに言った。

「～っ！」

今日のリュセさんは意地悪だ。

「ローニャ」

また耳元でそっと囁《ささや》かれる。

なんだかいつもと違う声音な気がして、顔色をうかがおうと振り返る。

すると、小さな両手がリュセさんの顔をべしっと押し返しているのが目に入った。

リューの仕業だ。

「くっ、そ、このチビ！　何すんだよ！」

リュセさんは顔を押さえつつ私から離れる。その代わりに、リューが私にしがみ付いてきた。

それからリューは、リュセさんのほうを見て鼻を鳴らす。

「フン！」

あら？　リューとリュセさん、仲良くなったのでしょうか？

これまで近付こうともしなかったのに、リューが自分からリュセさんに触れるなんて驚いた。

「そうじゃ、ローニャよ！　剣《つるぎ》の舞を見せてくれ！」

突然、ジークハルト王が私に提案してきた。

「私ですか？」

剣《つるぎ》の舞。一年ほど前に、国の行事で披露したことがある。

オルヴィアス様に直々に剣術の指導をしてもらったのは、その練習のためだった。

「あれは誠に感動した！　もう一度見たい！」

「剣《つるぎ》の舞か。我も見てみたいぞ」

ジークハルト王の言葉に、オリフェドートも乗ってくる。

「光栄ですが、あれは随分《ずいぶん》前のこと……舞を忘れたわけではありませんが、あの時のように完璧に踊ることはできないでしょう」

私は笑みを保ったままやんわりと断る。

あの時の舞は、練習を重ねて披露したもの。今は剣もしばらく持っていないもの。ジークハルト王が感動した時のように踊れるわけがない。

「完璧を目指さなくてもよい！　宴《うたげ》の余興だ。君が楽しんで踊ってくれ」

ジークハルト王がそう言う。

楽しんでと言われても、それはそれで緊張してしまうのだけれど……

そう思っていると、斜め後ろにジェスミーさんが膝立ちになった。

彼女が両手で持っているは、細い刃《やいば》の剣。

なんて準備が早いのだろうか。

私はリューから離れ、仕方なく剣を受け取った。

それと同時に、ジークハルト王の合図で踊り子達が下がっていく。

私はついさっきまで踊り子達が舞っていた場所に立って、獣人傭兵団さん達のほうに目を向けてみた。

「ほー。ローニャ店長が剣持ってる」

一同の注目が集まる中、チセさんは感心したように言う。

緊張で高鳴る心臓を必死で宥《なだ》め、楽しんで踊ることに集中しようと言い聞かせた。

久しぶりに持つ剣を軽く振り、その重さをしっかり頭の中に入れる。

よし。借りた民族衣装は動きやすいものだし、大丈夫。

「それでは、始めさせていただきます」

私はジークハルト王に一礼してから、舞い始めた。

剣を振るい、空《くう》を斬り裂く。

その動きに合わせて、衣装の装飾品がシャランと鳴った。

スッと右腕を伸ばしては、また剣を振るう。

誰かと剣を交えているかのように、身を屈め、飛び上がって宙返りし、それからまた剣を振った。

動くたびに、身に付けた宝石が明かりを反射してキラキラと光を放つ。

静かな広間に、剣が空《くう》を切る音が響き渡った。

一心不乱に踊り続け、最後にシャンッと剣を掲げて、ピタリと止まった。

刹那《せつな》の静寂のあと、拍手が巻き起こる。誰かが褒《ほ》めてくれる言葉も聞こえた。

以前踊った時よりも達成感があり、とても楽しい気分だ。

私は照れくさくて笑みを零《こぼ》し、それから皆に向かって一礼した。

2 戦う姿。

舞を終え一休みしていると、チセさんが剣を持って、私のもとまで来た。

なぜか爛々《らんらん》と目を輝かせていた彼が、口を開こうとした、その時。

「ジークハルト王、報告します！　囚人が脱獄しました‼」

傷を負った一人のジンの男性が王の広間に入ってきて、そう報告した。

獣人傭兵団さん達が、瞬時に立ち上がる。

宴《うたげ》は中止だ。

私はすぐに負傷した彼に駆け寄って治癒の魔法をかけようとしたのだけれど、その前にチセさんに腕を掴まれて止められた。

囚人らしき人間達が、王の広間に続々と入り込んできたのだ。その中には、昼間に私の店をめちゃくちゃにした人達の顔もある。

彼らは牢獄に収監されたはずなのに、一体なぜここにいるのか。

考えている間にも、ジークハルト王の守備が固められる。

私はまずリューに駆け寄り、彼女の手を取ってジークハルト王とオリフェドートのもとへ行く。

「オリー、リューをお願いします」

「なんだ、ローニャも戦うのか？　シゼ達に任せればよいではないか」

全然危機感を覚えていない様子のオリフェドートは、リューの手を取りながら言う。

「いえ、私も戦います！」

そう答えて振り返ると同時に、咆哮《ほうこう》が轟《とどろ》いた。

空気をビリビリと震わせたのは、純黒《じゅんこく》の獅子シゼさんだ。

そこでは獣人傭兵団さんとシバさんが、すでに囚人達との戦いを始めていた。

「ジークハルト王。脱走した囚人は何人いるのですか？」

「最低でも、五十はいる」

獣人傭兵団さん達だけで相手にするには数が多い。もちろんジンの兵達も戦ってはいるけれど、私はじっとしていられなかった。

ジークハルト王を守っている兵達の頭上を風の魔法で飛び越えて、私も戦いに加わる。

たった今脱走してきた囚人なのだから丸腰なのだと思っていたけれど、彼らはほぼ全員が武装していた。兵から奪ったのだとしても、何かがおかしい。

振り下ろされる剣を避《よ》け、柄で鳩尾《みぞおち》を殴打して相手を沈める。

そうして一人一人意識を奪っていくうちに、私はいつの間にか部屋の外に追い出されていた。後方には青い薔薇《ばら》の中庭、前方には鉈《なた》を持った囚人が四人。

私は躊躇《ちゅうちょ》なくそこから庭へ飛び下りることにした。これくらいの高さなら、風の魔法で問題なく下りられる。

敵に剣を向けて後退《あとずさ》り、柵に飛び乗る。そのまま後ろに倒れると、浮遊感に襲われた。

次の瞬間、私のあとを追って純黒《じゅんこく》の獅子が飛び出してくる。そして私の身体を受け止め、中庭に着地した。

「無茶するな」

「あ、ありがとうございます」

シゼさんの逞《たくま》しい腕に抱えられて、ポッと頬が熱くなってしまいそうだ。

「大人しく見ていろ」

「はい……」

もふっと純黒《じゅんこく》の手を頭に乗せられ、私は思わず頷《うなず》いてしまった。

気付けば青い薔薇《ばら》の中庭にも囚人達は侵入してきていて、獣人傭兵団さんが戦っている。

彼らは皆、人間を引き裂くほどの力を持つことで有名な獣人族。けれど、決して引き裂いたりしない。

爪で剣を叩き折ったり、拳《こぶし》で相手の意識を奪ったりしていく。

囚人達に踏み荒らされて、青い薔薇《ばら》の花びらが舞う。

シゼさん達は一人、また一人と、次々に囚人達を捩《ね》じ伏せていった。

彼らはこうやってドムスカーザの街を守ってきたのだろう。

その雄姿に、私はただただ見惚《みと》れた。

素早く、強靭《きょうじん》で、雄々しい姿。

「後ろだ！　ローニャ！」

シゼさんの鋭い声が飛んできた。

私は反射的に後ろを振り返るとともに剣を振り上げる。

そこにいたのは、予想もしていなかった者だった。

「惜っしいぃ！　あと少しだったのにぃ！」

そう言ってニタリと笑うのは、悪魔ベルゼータ。

今日のベルゼータは、漆黒の長い髪に、真っ黒のローブをまとった男性の姿をしている。

赤で縁取られた灰色の瞳に、黒い羊のような二つの角。

今まで存在に気付けなかったことがおかしく思えるくらい、禍々《まがまが》しい魔力が彼の周囲に渦巻いている。

囚人の脱獄を手引きしたのは彼だ。

油断していたと、唇を噛み締めた。

人に幸せを与えるジンの国は、悪魔の好みではない。

悪魔は負の感情に突き動かされやすい人間のほうが好みだ。それに対してジンは温厚な性格で、負の感情に支配されることはないから、悪魔にとっては操《あやつ》りにくい。

そんなジンの国へ悪魔がやってくることはまずないし、宮殿には悪魔除《よ》けの結界も張られていない。

「こんばんは、ボクの天使ぃ」

ベルゼータは三日月型に口を吊り上げて笑う。

「悪魔ベルゼータ……」

私は険しい顔で彼を睨《にら》み付けた。

「こんなやり方、汚いですよ」

「ボクは悪魔だよぉ。やり方に汚いも何もあったこっちゃないね。それに今は時間がないんだよねぇ」

ベルゼータはなぜか時間を気にしている。一体何を焦っているのだろうか。

「今は獣も手が空いていないみたいだしぃ？　直接対決といこうか！」

ベルゼータの言葉に、獣人傭兵団の皆さんがはっとこちらを向く。

「っ！」

「悪魔め！」

囚人達の相手をしながら叫ぶリュセさん達に、ベルゼータはベーっと舌を出す。

「吠えてな、獣ども！」

確かに獣人傭兵団さん達は、囚人の相手をするので手一杯。ベルゼータに操《あやつ》られている敵が多いのだ。

「さぁ、綺麗に着飾ったボクの天使。今日こそボクのもとに堕《お》ちてきてよ！」

「……っ！」

まっすぐ狙いを定め、ベルゼータが向かってくる。

私はとっさにポケットからアメジストを取り出して、ベルゼータに突き付けた。

「っ⁉」

途端に、ベルゼータは足を止める。

彼はこれが何か瞬時に察して、表情を歪《ゆが》ませた。

私は手にしたアメジストに魔力を込め、対になっているもう一つのアメジストに合図を送った。

これはある意味、召喚に等しい。

楕円形に磨かれたこのアメジストには、双玉の魔法がかかっている。

念じれば、対になっている石が点滅したり熱を帯びたりして、持ち主を私のところへ導くことができるのだ。

「ちょ、タンマ！　今、ダメ！」

ベルゼータが青ざめて制止の声を上げるけれど、もう遅い。

私の目の前には、白い光を放つ魔法陣が現れる。

そこから現れたのは、紫色の長髪を束ねた青年——魔導師グレイティア・アメジスト。

この時のために、彼はアメジストの石を持たせてくれたのだ。

ベルゼータは封印破りが得意な悪魔なので、私が封印しても二週間と持たないだろう。

けれどグレイ様なら、きちんと封印することができる。

しかも予想外なことに、魔法陣から現れたのは、グレイ様一人じゃなかった。

星のように煌《きら》めく長い髪と藍色の瞳を持つエルフ、オルヴィアス様が国宝の剣を抜く。

グレイ様は、封印の呪文を唱え始めた。

その間ベルゼータの動きを封じるため、オルヴィアス様がベルゼータとの距離を詰めて剣を振るう。しかし、その剣が斬り裂いたのは、黒い煙だけ。

「くっ……またしても逃がしたか」

剣を収めながら、オルヴィアス様は悔しそうな表情で呟《つぶや》く。

「……ちっ」

呪文の詠唱を途中でやめたグレイ様も、同じく悔しそうに顔を歪《ゆが》める。

「……グレイ様、オルヴィアス様。来ていただきありがとうございます。しかし、なぜオルヴィアス様も一緒だったのですか？」

私は深々と頭を下げて、そっと尋ねた。

「ああー……それはだな――っ！」

グレイ様は私のほうを振り返ると同時に言葉を詰まらせる。

「どうかなさいましたか？」

「美しい……」

そう零《こぼ》したのは、オルヴィアス様だった。

私の目の前まで歩み寄ってきた彼は、私の右手を取ってかしずき、そっと手の甲に口付けを落とした。

「この青き薔薇《ばら》の化身のようだ……とても美しい。今宵のそなたを目にすることができて、俺は幸運だ」

そう言って微笑むオルヴィアス様の瞳は、熱を孕《はら》んでいる。

彼はジンの民族衣装のことを褒《ほ》めているのだろう。

だが、少々褒《ほ》めすぎだ。私は頬が熱くなるのを抑えながら「ありがとうございます、オルヴィアス様」とお礼を伝えた。

「なぜオルヴィアス様もご一緒に来てくださったのですか？」

オルヴィアス様から、グレイ様に目を向ける。もう一度問うが、グレイ様はまだ固まったままだった。

「離れろ!!　てめぇ!!」

そこに響いたのは、リュセさんの怒鳴り声。それとともに振り下ろされた爪を、オルヴィアス様はサッと避《よ》けた。

どうやら囚人達は皆制圧され、リュセさんの手が空いたらしい。

ジンの兵達が倒れている囚人達を拘束して連れていくのが見えた。

「なぜとは……獣人傭兵団から聞いていないのか。……俺は悪魔の封印を試《こころ》みていたのだ。魔導師グレイティアの力を借りればうまくいくと思ったのだが……逃げられてしまった。すまない、ローニャよ」

まだ固まっているグレイ様を一瞥《いちべつ》して、オルヴィアス様が頭を下げる。

私は慌てて首を横に振った。

「いえ、謝らないでください。お二人とも、ご尽力いただきありがとうございます。お忙しい中、私のために……悪魔の封印を試《こころ》みてくださって」

グレイ様は、国で一番の魔導師。お城に必要なお方だ。

オルヴィアス様だって、ガラシア王国の警護を任されている。

悪魔を追い回している暇などないはずだ。

「礼は悪魔の封印に成功した時に聞かせてくれ」

「待ってください、オルヴィアス様。もし私のためにベルゼータを追ってくださっているなら、もうやめてください」

「なぜだ?」

「オルヴィアス様もグレイ様もお忙しいでしょう。ベルゼータのことに時間を割かせるのは申し訳ないのです」

「……」

オルヴィアス様とグレイ様は黙って顔を見合わせた。

ずっと固まっていたグレイ様が、ようやく口を開く。

「しかし、君を狙う悪魔を野放しにしてはおけない」

「またベルゼータが現れた時は、この石でお呼びします。その時駆け付けてくださるだけで充分です」

グレイ様の前に立ち、アメジストの石を両手に載せて見せる。

「……ローニャ」

「その時、グレイ様の手が空いていたらいいのですが」

私が合図を送った時、グレイ様が仕事中だったらちょっと困ってしまう、と苦笑を零《こぼ》す。

すると、手袋に包まれたグレイ様の両手が私の手に重ねられた。

「どんな時でも駆け付ける。絶対に、だ」

「グレイ様……」

普段はあまり表情を変えないグレイ様が、どことなく熱のこもった眼差《まなざ》しで言う。

「シャア!!」

リュセさんがグレイ様を威嚇《いかく》しながら私の肩を掴んで、彼らから引き離した。

もふもふした長い尻尾が私の腰に絡む。

「あ、そうだ。ジークハルト王に謝罪しなくては……私のせいでこんな事態になってしまったのですから、謝りに行ってきます」

「俺も挨拶《あいさつ》しよう」

「私も挨拶《あいさつ》をしなくては」

そう言うオルヴィアス様とグレイ様と移動しようとしたら、ひょいっと身体が持ち上げられた。私を軽々と抱き上げたのは、リュセさんだ。

「だったらオレが運ぶよ。お嬢、掴まって」

腕にグッと力が込められたかと思うと、リュセさんは猛スピードで駆け出した。

そのまま壁を駆け上がり、上の階に到着する。すごい力とスピードだ。

リュセさんはなぜか下のほうを向いて、べーと舌を出している。

「おおっ、無事だったか！　ローニャよ！　リュセも！」

「ジークハルト王。私は陛下に謝罪をしなくてはなりません。このたび囚人の脱走を手引きしたのは、私を狙っている悪魔ベルゼータでした。私がここへ来たばかりに、悪魔を引き込んでしまったようです。申し訳ありません」

私はその場に膝をついて、頭を下げる。

「お嬢が謝ることなくね？　悪魔が勝手にやったんだから」

リュセさんは私の腕を引っ張って立たせようとする。けれど私は跪《ひざまず》いて頭を下げ続けた。

「悪魔が来ただと⁉　グレイは呼んだのか⁉　なぜ宮殿に結界を張っておかないのだ！　この馬鹿者！」

悪魔と聞いて、オリフェドートはジークハルト王を責め立てる。

「それはすまない」

ジークハルト王は、珍しく項垂《うなだ》れた。

「宮殿に悪魔除《よ》けの結界を張らせなかったジークハルトが悪い。ローニャが謝ることではない。立つのだ」

「え、いえ、もとはといえば私が悪魔に――」

「ローニャは悪くない」

腕を組んで鼻息を荒くしているオリフェドートに食い下がろうとしたけれど、言葉を遮《さえぎ》られてしまう。

「そうじゃ。わしが不測の事態に備えなかったのが悪い。立ってくれ、ローニャよ」

ジークハルト王までもがそう言って、私はリュセさんの手によって立たされてしまった。

「ローニャよ、すまなかった」

ジークハルト王に謝られてしまい、私はおろおろする。

「そ、そんな、やめてください。ジークハルト王」

そんな私を見て、「めっずらしー」とリュセさんが笑う。

「あ、わ、私、怪我をしたジンの皆さんの治癒をしてきます」

「それなら手は足りている。ローニャは客人だ。何もしなくてよい」

せめてもの償いにと申し出てみたものの、それさえも断られてしまった。

何かさせてほしいと申し出ようとしたところで、グレイ様とオルヴィアス様がやってきた。

彼らは突然の訪問の理由を話して、謝罪と挨拶《あいさつ》をする。

リューが駆け寄ってきて、私の腰に抱き付いた。

「また怖い思いをさせてしまい、ごめんなさい。リュー」

「別に平気だったんじゃねーの？　なぁ？　リュー」

私がリューの頭を撫《な》でるのを見て、リュセさんももふもふの手でリューの青い頭に触れる。けれどその途端、リューは「フシャー!!」と威嚇《いかく》した。

「お？　なんだよ、やんのか？」

リュセさんはお構いなく、リューの髪をわしゃわしゃと乱す。

怒ったリューが、リュセさんの脛《すね》を蹴った。

「いってーな、このチビ!!」

「何よ！　このたらし！」

おおっ、リューが口喧嘩をしている。

私は水を差すまいとそっと部屋の外へ歩いていき、青い薔薇《ばら》の中庭を見下ろす。

アーチやら生垣《いけがき》やらが壊れてしまっているのが見えて、私はせめてそれを直そうとそこから飛び下りた。

今度こそ風の魔法で着地しようとしたのだけれど、また真っ黒な獅子さんがスッと現れて、もふっと私を受け止める。

「あ、ありがとうございます」

シゼさんは何も言わずに、私を下ろしてくれる。

ペコリと頭を下げてから、私は緑の魔法でいばらを操《あやつ》ってアーチを直していった。芳《かぐわ》しい薔薇《ばら》の香りを吸い込みながら、庭園の中に入って壊れた箇所を探して修復する。

陽が落ちて暗くなった青い薔薇《ばら》の庭園は、四隅にある明かりに仄《ほの》かに照らされて、どこか神秘的な雰囲気だ。

夜に染まったアラジン国は、ひっそりと息を潜《ひそ》めるかのような静謐《せいひつ》な空気に満ちている。

端から順に直していくと、ちょうど庭園の真ん中あたりで青い狼姿のチセさんを見つけた。

彼はアーチに凭《もた》れかかり、ぼーっと夜空を見上げている。

「どうかしたのですか？　チセさん」

私は声をかけて、チセさんに近付いた。

「あ？　んー別にぃ」

横目でこちらをちらりと見て、チセさんはまた夜空を見上げてため息を零《こぼ》した。

「……覚えてるか？　この前話してたさ、その、なんだ……運命の人を見つけたいのどうのって話」

「ええ、覚えています」

チセさんはたった一人の女性を見つけて、手に入れたい。そう語っていた。

「……俗に言う赤い糸があればいいのにって思ってさ」

「運命の赤い糸ですか？」

「そうそう」

言いながらチセさんが、私の髪に手を伸ばして花びらを取ってくれた。いつの間にか、青い薔薇《ばら》の花びらがついていたみたいだ。

「そうしたら、愛し合う相手がわかるじゃねーか。運命の相手じゃない人を想うこともなく、世界で一人だけを想えるのに」

青い薔薇《ばら》に視線を移して言うチセさん。

その視線の先にある花びらが、夜風にさらわれて舞った。私はそれを視線で追いかけ、風になびく三つ編みの髪を押さえる。

「そうですね……」

私もそう思う。世界がそういう仕組みならよかった。

運命の人が決まっていて、たった一人の人としか恋をしない。そんな仕組みなら、私はシュナイダーに恋をすることはなかったのに。

世界がそういう仕組みなら、彼と引き裂かれる痛みを味わうこともなかったのに。

「失恋なんて概念もない世界ならよかったですね」

シュナイダーの心が離れていく。

その事実を受け入れた時に感じた痛みを思い出して、私は切なく笑みを浮かべた。

「愛し愛される相手が決まっていて、それがわかればいいですね」

「……本当、そうだよなぁ」

チセさんはぼやくように漏らして、また夜空を見上げた。

「オレの運命の人はどこにいるんだか」

「案外近くにいるのではないでしょうか」

「遠くにいてもいいぜ。ぜってぇ見つけ出してやる」

ニカッと笑ってチセさんが言う。そのセリフがチセさんらしくて、私は笑みを零《こぼ》した。

「ふふっ」

きっとチセさんは情熱的に迫るに違いない。そんな彼を見てみたい気もした。

「なんじゃ、面白い話をしているではないか」

現れたのはジークハルト王。

チセさんは「げっ」と露骨《ろこつ》にげんなりした顔をする。

聞かれたくなかったのか、人見知りを発揮しているのか、そそくさとこの場を離れてしまった。

そんなチセさんの態度に気を悪くした様子もなく、ジークハルト王は「かはは！」と笑って彼を見送る。

「君には幸せが足りないと感じていた」

チセさんが立っていたところに立ち、ジークハルト王は私に告げた。

「シュナイダーといる時、君は幸せの匂いを漂《ただよ》わせていたが、彼がいない時は不幸の匂いがしていた。特に家族のそばにいる時だ。けれどそれも、結婚をすれば変わると思っていた。君は幸せな家族を手に入れるとばかり思っていたのだ。それが叶わなくてどんなに悲しかったか……わしは胸が引き裂かれそうだったぞ」

真面目な表情で私を見つめて、大きな掌《てのひら》を頭の上に載せてくれる。

ジンの力で、私の胸に幸せな気持ちが広がった。

私は微笑んでジークハルト王の手を取り、頭からそっと下ろす。

「私は幸せでしたよ。シュナイダーとの毎日は、幸せな夢でした……」

思い返してみる。ジークハルト王が言う、幸せな匂いを漂《ただよ》わせていた時のことを。

あれは泡沫《うたかた》の夢だったのだ。

私はジークハルト王の手をそっと離した。シュナイダーを手放して、彼から離れた時のように。

「今だって幸せですよ」

私は明るく微笑んでみせる。

だって自分の店を持って、まったりと暮らしているのだ。心から信頼できる友人であり、ともにまったりしたいと思える同士とも巡り会えた。

支えてくれる精霊や妖精もいるし、先輩だっているのだ。

心強い味方がたくさんいる。

「たくさんの幸運に恵まれています。だから私は大丈夫です、ジークハルト王」

「うむ。幸せの香りがする。かはは！」

ジークハルト王がいつものように豪快に笑う。

「いやはや、もっと幸せにするから、わしと結婚しないか？」

「お戯《たわむ》れを……」

「かはは！　振られてしまったか！　残念だ！」

ジークハルト王が笑い飛ばすので、私も口元に手をやってクスクス笑う。

そんなところに、オルヴィアス様がやってきた。

「ジークハルト王、これにて失礼する」

「おう、オルヴィアスよ。また来るといい」

オルヴィアス様はジークハルト王に一礼したあと、私のほうを向く。

「ローニャ」

「はい」

「悪魔につけ入る隙を与えないように、俺も店に通おう。また顔を出す」

「ありがとうございます。しかし――」

オルヴィアス様のご迷惑になるからいい、と言いかけたけれど、オルヴィアス様の人差し指が私の唇に押し当てられて遮《さえぎ》られた。

「また明日会おう、ローニャ」

そう言って美しく微笑んだオルヴィアス様は、魔法陣の光に包まれて消えていく。

私はオルヴィアス様に触れられた唇を押さえて、放心してしまった。

「積極的じゃの、オルヴィアスは。かはは！」

ジークハルト王はただ笑う。

遅れて、じわりと頬が熱くなった。その頬を冷やすためにパタパタと手であおぐ。

「……私も帰ります」

次に声をかけてきたのは、オリフェドートを連れたグレイ様。

「我も帰るぞ」

「おう。魔導師グレイティア、オリフェドート。また会おうぞ」

「またな」

オリフェドートはジークハルト王と軽く挨拶《あいさつ》を交わしたあと、グレイ様を肘《ひじ》でつついた。

「そ……その、ローニャ。言いそびれたが、今日の服装……綺麗だ」

「ありがとうございます、グレイ様」

褒《ほ》められて嬉しくなり、微笑んで答える。

「……それでは、また。悪魔が現れたらいつでも呼んでくれ」

「はい。オリーもまた」

「おお、またな。ローニャよ」

グレイ様はオリフェドートを森まで送るのか、一緒に魔法陣の中に消えていった。

「私達も帰ります、ジークハルト王。宴《うたげ》を中断させてしまい、申し訳ありませんでした」

「いやいや、あれはわしが悪かったのじゃ。もう謝るな。また今度仕切り直して宴《うたげ》を催《もよお》そう。なぁ、シゼ達よ」

ジークハルト王が私の後ろへ視線をやったので振り返ると、獣人傭兵団さん達とリューがいた。

リューはとことこと近付いてきて、また私の膝に抱き付く。

「もっと豪勢にしたら来るよ」

リュセさんは腕を頭の後ろで組み、ニヤリと笑って言った。

「あいわかった」と笑うのはジークハルト王。

「いい宴《うたげ》だった」

シゼさんは短くそれだけを伝える。

「うむ。また来てくれ」

満面の笑みを浮かべるジークハルト王に見送られ、私達もジンの国アラジンをあとにしたのだった。

3　再会。

朝陽で目が覚める。

起き上がって背伸びをすると、横で寝ていたリューが掛け布団を掴んだ。そのまま自分のほうに手繰《たぐ》り寄せる。

私はクスリと微笑んで、その青い髪を優しく撫《な》でた。

まだ寝かせておこう。

ベッドから下りて、浴室で顔を洗って歯を磨く。それから部屋に戻り、グリーンのソファーに膝を乗せて窓を開けた。新しい空気を吸い込んで、気分爽快。

部屋の空気を入れ替えたら、クローゼットを開いて寝間着を脱ぎ、今日着るドレスを選ぶ。

どれにしようか迷ったあとに、昨日の薔薇《ばら》を思い出して青いドレスを選んだ。

飾りのない質素なドレス。コルセットをキュッと結んだあとには、エプロンを上からつけた。

髪はブラシで梳《と》かしてから、緩い三つ編みにして夜空色のリボンで結んだ。

これで身支度は完了。そろそろリューを起こそう。

「リュー。朝よ。起きて」

「んー……」

リューの肩を掴んで揺さぶる。するとリューは目元を擦りながら、のそっと起き上がった。

浴室まで背中を押して、そこで朝の支度をさせる。

ベッドを整えたあと、一階に下りてパンパンッと魔力を込めて手を叩く。魔力がライトグリーンの光となって掌《てのひら》から零《こぼ》れ落ち、それが床に円を描いた。

白く光ったその円の中から、「あいあいあいっ」と行進して現れる妖精ロト。蓮華《れんげ》の蕾《つぼみ》のような頭が揃って揺れる。ぷっくりとした胴体から、摘まんで伸ばしたような手足をしっかり振ってやってきた。

「お掃除をお願いします」

「あいっ！」

ロト達は、ピシッと敬礼した。

それから「わー」と部屋中に散って掃除を始める。

私がキッチンに入ると、リューも下りてきた。

「朝食はホットケーキでいい？」

「うん」

「わかったわ」

リューとロトに手伝ってもらい、朝食の準備を始める。ロトにはミックスベリーソースを掻き混ぜてもらい、リューには魔法で混ぜ込んだホットケーキの素を焼いてもらう。

私はマンゴーを花切りにして、それをお皿に飾った。

掃除を終えたロト達とリューとともに、それらをカウンターで食べた。

ふわりと口の中で溶けて消える甘いホットケーキ。甘酸っぱいミックスベリーソースと一緒に、甘さ強めのホットケーキを堪能《たんのう》した。

朝食を食べながら、カウンター上に置いたアメジストをツンツンとつつくリュー。それは身に付けておいたほうがいいと思って、私はエプロンのポケットにしまった。

「ローニャは、あの魔導師が好き?」

「ええ、好きよ」

微笑んで答えると、リューもニコリと笑った。

「……そっか」

リューはそれだけ言って、「ご馳走様」と手を合わせた。

私も「ご馳走様」と言って立ち上がる。

「歌って、ローニャ」

「あいあい!」

唐突にリューが言って、ロトもそれに便乗する。仕方なく、私は彼らの要望に応えることにした。

「わかりました。では、リューも一緒に歌いましょう」

この国の子守唄をリューと歌いながら、着々と開店準備を進める。

マンゴーフェスタ中だから、用意するのはマンゴーのムースケーキ。たくさん注文してもらえることを願って、ちょっと多めに作っておく。きっとチセさんも食べたがるだろう。

作っているうちに、店内がマンゴーの甘い香りに満たされた。

そして味見。ロトに食べさせてみると、ほっぺたを押さえて目を輝かせる。

甘くて美味《おい》しいそうだ。よかった。

開店準備は無事終わって、森に帰るロト達を見送り、リューは二階に上がった。

しばらくして、白いドアのベルが鳴り、私はお客様を笑顔で迎える。

「いらっしゃいませ」

仕事前に立ち寄ってくださるお客様に商品を手渡して、「いってらっしゃいませ」と見送った。

「やっぱりローニャちゃんのコーヒーが一番だ」

「昔の妻に似ていて、微笑ましいよ」

「何を言っているんだい、お前さん」

「いや、妻はローニャちゃんのように本当に美しくてね……」

テーブル席に座った仲の良い老人のダレンさんとマシューさんが、そんなやり取りをする。

私は「ふふ、ありがとうございます」と微笑んだ。

お二人の話をもっと聞きたいところだけれど、マンゴームースケーキの注文があったので急いで対応する。

「うーん、美味《おい》しい！」

カウンター席に座るセス――セリーナさんが唸《うな》った。今日はツインテールで、毛先をカールさせている。

「店長さん、いつまでマンゴーフェスタやるの？」

セリーナさんの右隣に座った金髪のサリーさんが尋ねてくる。

「今週いっぱいまでです」

「そうなんだ。じゃあ今度、タルトも食べてみたーい！」

「タルトですか。いいですね。さっそく、作ってみますね」

「やったー！」

今日の午後にでも試作してみよう。リューにも味見してもらおうか。

そんな風に考えていると、話を聞いていたらしいダレンさんとマシューさんが口を開いた。

「タルトかい。私も食べたいな。明日が楽しみだ」

「ローニャちゃん、頑張って」

「はい」

そう言われると作り甲斐がある。

忙しいブランチタイムを過ぎて、お客さんが途絶えた十二時前。

片付けをすませて一息つくことにした私は、少しの間だけ読書をしようと本を開いた。

以前、セナさんがすすめてくれた本だ。

内容は、ファンタジーの冒険もの。

世界を救う使命を負った王子と、その仲間達の友情と絆《きずな》を描いた物語だ。読みながら、登場人物達の仲睦《なかむつ》まじいやり取りに笑みを零《こぼ》す。その一方で、ダンジョンのような洞窟の中に入って戦うシーンはなかなか力が入っている。夢中になって読んでいるうちに、カランッとドアのベルが鳴った。

「……っ」

顔を上げた私は、いつものように「いらっしゃいませ」と言えなかった。

ドアを開けたのは、短い金髪と青い瞳を持つ整った顔立ちの男性。貴族であることを主張するかのような豪華なコートを着ていて、腰には剣を携《たずさ》えている。

シュナイダー・ゼオランド。

私の元婚約者にして、初恋の人だ。

「こんなところにいたのか、ローニャ!!」

呆然とする私の腕を、ガッと掴むシュナイダー。その拍子に、持っていた本が膝の上に落ちる。

「何をしに来たのですか、シュナイダー」

彼が私を捜していたことは知っている。問題は理由だ。

まったり喫茶店のお客として来たわけではなさそうだと、冷静に考える。

「ずっと君を捜していた……聞いたぞ、君は嫌がらせをするよう指示してはいないんだな⁉」

嫌がらせとは、ミサノ・アロガ嬢に対する嫌がらせのことだろう。

確かに私は、ミサノ嬢へ嫌がらせをしたことは一度もない。けれどうまく罪をでっち上げられ、シュナイダーは私との婚約を破棄すると決めたのだ。

「誤解だったのに、なぜ言わなかった！　オレに婚約破棄されても……なぜ微笑んで幸せになれと言えたんだ？」

苦しそうな表情でシュナイダーは問う。

「君はオレを愛していたから……だけどあんな状況になってしまったから、愛ゆえにオレと別れることにしたのか⁉　ローニャ……君という人は……」

シュナイダーは、今までにないほど熱い眼差《まなざ》しで私を見つめてくる。

ギュッと手を握りしめられて、私は呆然と彼を見つめ返した。

さよならの代わりに、告げた言葉――幸せになってください。

ずっと甘やかしてくれたシュナイダーへの感謝を込めて、私はそう告げたのだ。

けれどあの言葉一つで、シュナイダーはわざわざ最果ての街まで来てしまったというのだろうか。

「違いますよ。私は昔からあの家が嫌いだったことを知っているでしょう？　逃げ出すチャンスだったから、あなたごと捨てたまでです」

はっきり言いながら、シュナイダーの手を離そうとする。けれど、彼の力が強くてできなかった。

「ローニャ……本心を言ってくれ。今度こそ君の愛に応えるから」

私は面食らってしまい、返す言葉に詰まってしまう。

運命の相手、ミサノ嬢と結ばれたはずなのに、どうして今更こんなことを言うのだろうか。

真剣な青い瞳を見つめても、答えはわからない。

「勘違いですってば。帰ってください」

手を振りほどこうとするけれど、離してもらえない。

困り果てていたら、白いドアがカランカランと音を立てて開かれた。

「お嬢ー！　今日も来てやったぜー……って、何この男？」

先頭に立って入ってきたのは、シュナイダーよりも長身で細身な青年の姿をしたリュセさん。にっこりと上機嫌だった顔が一変、シュナイダーを見るなり不機嫌な顔になる。

「あん？　また言い寄られてんのか？　店長」

次に入ってきたのは、リュセさんよりさらに長身なチセさん。こちらも人間の姿をしていて、シュナイダーを睨《にら》みながら低い声を出す。

「……貴族っぽいね」

続いて入ってきたセナさんは、冷めた目でシュナイダーを観察した。言い当てるとは、さすが目敏《めざと》い。

彼らが身に付けているのは、軍服のようなボロボロの上着だ。

それを見たシュナイダーは眉をひそめて、貶《けな》すように呟《つぶや》く。

「……傭兵、か」

そんな反応なんて慣れっこなはずなのに、彼らはギロリとシュナイダーを睨《にら》んだ。

剣呑な空気が流れる。

そんな店の中へ、セナさん達を押し退《の》け、漆黒の髪をオールバックにした男性の姿のシゼさんが入ってくる。

そして、ドッカリといつもの席に座った。ボスであるシゼさんに従うように、リュセさん達はシュナイダーを睨《にら》むのをやめて、渋々といった様子でいつもの席に座る。

「いつもの」

シゼさんは低い声で告げた。

「お嬢、オレもいつものラテな」

笑いながら、リュセさんも注文してくれる。

「腹減ったー、早くしてくれ」

空腹なのか、チセさんはテーブルに突っ伏して言った。

「僕もいつもの」

セナさんはシュナイダーに冷たい目を向けながら言う。

「はい。分厚いステーキが三つに、サンドイッチが一つ、ブラックコーヒーが一つに、ラテが二つに、マンゴージュースが一つですね」

「お、店長。わかってるー」

「ただいまお持ちします」

シュナイダーの手をなんとか振り払って、私はキッチンに入った。

下味をつけておいたお肉を魔法で焼きながら、マンゴージュースをコップに注《つ》ぐ。それからラテを二杯分、一つはミルクを少なめにして、先に運んでおく。

それから焼き上がったステーキと、ハムを挟んだサンドイッチを運んだ。

獣人傭兵団さん達の注文に応えたあと、シュナイダーが店の真ん中でまだ突っ立っていることに気付いて声をかける。

「あら、まだいらしたの、シュナイダー。帰ってくださいと言いましたのに」

私がその名前を口にした途端、また剣呑な空気が漂《ただよ》い始める。

シュナイダーを無視していたシゼさんさえもが、彼に注目していた。

「なぜ君はこんなところで喫茶店を開いているんだ？　君のコーヒーは昔から評判だったが……物騒じゃないか」

リュセさん達を一瞥《いちべつ》して、シュナイダーは言った。

物騒とは、賊や強盗のことだろうか。だけど、獣人傭兵団が通い詰めている喫茶店を標的にするバカはいないと思う。

「私は自分で自分の身を守れます。ご心配には及びません」

魔法の腕は落ちていないと自負している。

あまり私を見くびらないでほしい。

厄介な客を追い出す魔法だって、きちんとかけてあるのだから。

「君をこんな野蛮な連中のもとに置いて帰れない！」

そう言われてやっと、シュナイダーが『物騒』と表現したのが、獣人傭兵団の皆さんのことだと気付く。

「あん？　てめぇ、やんのか？」

リュセさんがカウンター席から立ち上がってシュナイダーに詰め寄る。シュナイダーも、サンクリザンテ学園で優秀な成績を収めていた実力者。魔法で撃退する自信があるから、受けて立つ気でいるのでしょう。

それはまずい。ここで暴れられては困る。

「オレ達を誰だと思ってやがる！」

リュセさんが吠えて、純白のチーターの姿になる。大きな口を開いて、牙《きば》を見せ付けた。

「獣っ!?」

シュナイダーは驚いて身を引き、腰に携《たずさ》えた剣の柄を握った。

「オレ達は獣人傭兵団だ。そうとわかって文句あんなら、言ってみやがれ!!」

チセさんも立ち上がって姿を変える。青い狼が鋭利な牙《きば》を剥《む》き出しにしている姿は、リュセさんより凶悪に見える。

セナさんもシゼさんも、それぞれ獣の姿に変わる。けれどシゼさんは、シュナイダーへの興味を失ったかのように、静かにステーキを食べ始めた。とはいえ、圧倒的な存在感を放っている。

「落ち着いてください、皆さん」

私はリュセさんの腕を掴んで、シュナイダーから遠ざけた。

「困っているなら追い出してやるよ？　お嬢」

「皆さんのお手を煩《わずら》わせるほどのことではありません」

きっぱり断るけれど、リュセさんは猫のような顔のままにっこりと笑いかけた。

「お代はデート一回でいいぜ？」

もふりとした手で握られ、長い尻尾は私の腰を抱き寄せるように絡みつく。

「ふざけるな！　オレの婚約者だぞ!!」

お腹に腕が回ったかと思えばシュナイダーに抱き寄せられ、リュセさんから引き離された。

「はぁ!?　婚約者!?」

怒ったように驚愕《きょうがく》するリュセさん。

なぜシュナイダーが私を婚約者と呼ぶのかわからなくて、同じように驚いてしまう。

「君が例の……結婚を目前にしてローニャを捨てた、元婚約者の貴族ってわけだ」

元、という部分を強調して、セナさんが刺のある声で言う。

「その貴族様が、今更ローニャになんの用なんだい？　――ねぇローニャ。君が貴族令嬢でなくなったのは、彼のせいなんだろう？　だったら追い返してあげるよ」

目をギラリと光らせるセナさん。

リュセさんとチセさんはやる気満々な笑みを浮かべながら、乱暴に尻尾を振り回した。

完全に戦闘態勢に入った彼らを見ても、シゼさんはまだ食事の手を止めない。

「大丈夫ですから、皆さんはどうぞごゆっくりなさってください」

これは私の問題だから、私が片付ける。

そう強く決心して、私はシュナイダーと向き合ってその頬に手を当てた。

「シュナイダー……あなたが好きよ。昔から、あなたはだめな私に優しくて、甘やかしてくれました」

そう言って微笑むと、シュナイダーは頬を赤らめて「ローニャ……」と呟《つぶや》く。

「でも、今のあなたは嫌いよ」

私はすぐに笑みを引っ込めて、冷たく言い放つ。

「えっ」とシュナイダーは固まった。そんな彼の肩を掴むと、白いドアのほうへ押しやる。

「一方的に婚約を破棄して、他の女を抱きしめていたくせに今更どういうつもりなの？　惜しくなったとでも言うつもり？　コロコロと女を変えてみっともない！　まさか、ミサノ嬢に捨てられてここまで来たんじゃないでしょうね？　ふざけないで。あなたみたいな男、願い下げよ。二度と来ないで」

私はシュナイダーを突き飛ばして、店から追い出した。

バタンとドアを閉じて、ほっと胸を撫《な》で下ろす。

これだけ言えば、誤解は解けただろう。

ミサノ嬢は一途だったから、彼を捨てたわけではないはず。シュナイダーが彼女のもとに帰れば、これで元通り。遠いところでお幸せに。

「ヒュー。店長、やるじゃん」

口笛を吹きながら、チセさんは座り直してステーキを食べ始めた。

「お騒がせして申し訳ありません」

そう言って謝罪したが、彼らに気にした様子はなく、セナさんも黙ってサンドイッチにかじり付いた。

リュセさんもカウンター席に戻って、尻尾をフリフリしながら食事を続ける。

「おい、店長」

シゼさんの低い声に呼ばれてそちらを見ると、ステーキのお皿は空。次はブラックコーヒーをご所望ということだ。

「はい、ただいま淹《い》れますね」

すぐにキッチンに戻ってコーヒーを淹《い》れ、シゼさんのもとへ運んだ。

「お待たせしました」

コーヒーカップをシゼさんの前に置き、ステーキのお皿は下げる。

するとその時、パタパタという足音を立ててリューが二階から下りてきた。

「リューも昼食いかがですか？」

そう聞いてみると、リューはコクリと頷《うなず》く。

「ん」と短く答えて、リューは空いているテーブルに着いた。

リューも、ようやく獣人傭兵団の皆さんに慣れてきたようだ。

そんなリューのために、私はサンドイッチを作った。

「ローニャ。あのね」

「はい？」

リューが自ら口を開くなんて珍しい。

少々驚きつつも、彼女の前まで行ってしゃがむと、小さな手が差し出された。

その手には雫《しずく》形のサファイアでできたネックレスが握られている。

「わぁ……これ、リューが作ってくれたの？　私にくれるの？　ありがとう」

私が微笑むと、リューははにかみながらリュセさんを指さした。

「私とリュセからのプレゼント。考えたのはリュセ」

「っ！」

突然名前を呼ばれたリュセさんは、尻尾をピンッと立ててキョトンとする。

「そうだったのですか？　いつの間に……」

「え？　あ、うん。お嬢に似合うと思ってー」

にんまりと笑うリュセさんは、長い尻尾を左右にゆったりと揺らした。

「ありがとうございます、リュセさん」

「んっ！」

満足げに頷《うなず》くリュセさん。

それから私は、もう一度リューにお礼を伝える。

「大事に使うね、リュー」

リューははにかんで笑った。

そのサファイアのネックレスを身に付けて、私はずっと隠していたことを打ち明けようと決めた。

シュナイダーのことを。そして、貴族をやめたきっかけを。

「皆さんにお話していませんでしたね。私が貴族令嬢をやめた理由」

全員が注目していることを確認してから私は静かに口を開いた。

「私は伯爵令嬢でした」

これから皆さんに話すのは、ドムスカーザの街に住むほぼ全員が知らない事実だ。

「ああ」

シゼさんがまっすぐ見つめてくれる。

「オレは昔の店長が何者でも、これからも一緒にまったりしたいぜ」

そう言ってくれたのは、チセさん。続いてリュセさんも、口を開く。

「お嬢のこと、もっと知りたいから聞かせてほしい！　んで、もっと仲良くなろうぜ！」

「安心して話してよ、ローニャ。君の過去についての僕の推理は、結構当たってると思うから」

最後にセナさんがニヤリと笑った。

私がこれからどんな話をしようとも、彼らはきっと受け入れてくれる。

向けられた言葉からそれが伝わってきて、私は満面の笑みを零《こぼ》したのだった。

書き下ろし番外編

社交界デビュー

「あなたがローニャ・ガヴィーゼラ嬢？」

ローニャとシュナイダーが、正式に婚約をしたあとのことだ。

シュナイダーのいとこであるレクシー・ベケット嬢が会いたがっているため、ベケット伯爵家が所有する公園で待ち合わせた。

シュナイダーとベンチに座り、大人しく待っていれば、時間通りにレクシーはやってきた。

同い年の女子と比べ、小柄な体躯《たいく》。ツインテールと可愛らしい格好をしていたが、揃った前髪の下の青い瞳は、鋭利な刃物のようだ。

「はい。ローニャ・ガヴィーゼラと申します」

ローニャはベンチから立ち上がって、令嬢のお辞儀をする。

レクシーも形だけお辞儀をしてみせたが、そのあと吟味《ぎんみ》するような視線を注《そそ》ぐ。

「わたくし、ガヴィーゼラ家の人間は嫌いですわ！」

そうはっきりと告げられてしまい、ローニャは目を丸くする。

「ガヴィーゼラ伯爵家の人達は、冷血だと聞いているわ！　そんなガヴィーゼラ家が身内になるなんて、わたくしは認めないわ！」

「……」

「レクシー！」

いきなりの発言に固まってしまったシュナイダーだが、さすがに割って入ってきた。

「よく知りもしないで、そうやって判断するのはよくないぞ！」

「うるさいわシュナイダー！　あなただってよく知らないで婚約を決めたそうじゃない！　バカなの!?」

レクシーが振り上げた手はシュナイダーの頬に向かっていったが、シュナイダーはその手を受け止める。

「オレ達は、親同士が決めた政略結婚だが、愛を育《はぐく》もうと決めたんだ！」

シュナイダーはそう言ってローニャに手を差し出した。

「オレとローニャが決めたんだ！　レクシーが癇癪《かんしゃく》を起こしても無駄だぞ！」

「むぐぅ！」

ギッと鋭く睨《にら》み付けるレクシーは、悔しそうだ。

「とにかく！　わたくしは認めないわ!!」

護衛を引き連れて、レクシーは立ち去った。

それを見送って、シュナイダーはため息を落とす。

「すまない……ローニャ。レクシーは気難しい性格なんだ。大抵の令嬢のことは気に入らないと言っている。気にするな」

ローニャと向き合うと、シュナイダーはそう説明した。

ローニャは困ったような笑みを浮かべ、口を開く。

「けど、シュナイダーの身内だし、彼女が心配するのもわかる気がするわ。シュナイダーが望むなら……私はレクシー嬢と仲良くなれるよう努力してみる」

「えっ？　いいのかい？」

「ええ、だって……シュナイダーの身内ですもの」

シュナイダーの手を、ローニャはぎゅっと握る。

シュナイダーは眩《まぶ》しそうに微笑む。

「うん！　じゃあ、頼む。大丈夫だ。君は冷血じゃないって、レクシーもすぐにわかってくれる！」

シュナイダーは力強く、手を握り返した。

しばらくして、ローニャとレクシーは、姉妹であるベケット伯爵夫人と王妃主催のお茶会で顔を合わせたが、レクシーは不機嫌を露《あら》わにし、早々と退室してしまった。

どうしたものか、とローニャは考えたが、答えは見つけられなかった。

「ごめんなさいね、わたくしの娘は家族を大切に思っているのです。ゆえに、ちょっとだけ不安に思っているのですわ」

レクシーの母であるベケット伯爵夫人は、そう言いながら柔らかく微笑んだ。

「家族を大切に……素晴らしい方ですね」

ローニャは心の底から思い、同じように柔らかく微笑む。

そんな言動に、ベケット伯爵夫人と王妃は顔を見合わせた。

そのあと少しずつではあるが、二人はローニャのことを知ることになる。

冷血な家族に囲まれた可哀想な少女のことを――


日付は変わり、とあるお茶会のこと。それはまだ社交界デビューしていない令嬢達が集う小さなお茶会。

そこでローニャとレクシーは再び顔を合わせた。しかし、目が合ったのも一瞬、レクシーはそっぽを向いてしまった。

ローニャとシュナイダーの婚約は社交界では広まっていたが、シュナイダーのいとこにあたるレクシーとローニャが不仲なのは、主催者側も知らなかったようだ。

ローニャは、ひたすら笑みを保った。これ以上空気が悪くならないためにも、穏便に済むようにと願ったのだが。

「レクシー嬢は、手が早いと聞きましたわ……暴力的だと」

「まぁ、柄が悪い、ですわ、クスクス」

「クスクス」

他の令嬢達が、聞こえるように嘲《あざけ》る。

それを黙って聞いているほど大人しくないレクシー。

しかも、穏便に解決できる性格でもなかった。

怒りに満ちた目を吊り上げ、その令嬢達に歩み寄ると手を振り上げる。

そこにローニャが割って入った。

「私の友人の悪口は、やめてください。言いたいことがあるなら、私が聞きましょう。このガヴィーゼラ伯爵の娘、ローニャが」

それを見ていたレクシーは、ローニャがガヴィーゼラ伯爵家の令嬢だと改めて認識した。

冷血だと噂されるガヴィーゼラ伯爵家の令嬢だと。

凍《い》てつくような声と眼差《まなざ》しを向けられた令嬢達は青ざめて震え上がった。

「仲良くしましょう」

ローニャはにこっとそう告げると、お茶会を始めさせる。

最後までぎこちないお茶会だったが、帰る前にローニャはレクシーに呼び止められた。

「あなたはやっぱり冷血なガヴィーゼラ伯爵家の人間だわ」

わざわざそれを言うために、引き留めたのかとローニャは首を傾げる。

それにしても少々ショックを受ける言葉だ。

「でも……友だちだと認めてあげてもいいわよ！」

頬を赤らめて言うレクシーを見て、ローニャは思った。

……ツンデレ令嬢だわ。

でも、友だちになれた。

嬉しげに、ローニャは笑みを零《こぼ》した。

そしてローニャとレクシーは親しい友となったのだ。

十二歳になった年、ローニャをはじめ、シュナイダーとレクシーは社交界デビューを果たした。

ローニャは、美しく輝く雪のような水色のドレスに身を包み、毛先まで艶《つや》やかな空色をまとう白銀の髪を結っている。瞳は丸く大きなサファイア色。唇にはさくらんぼ色の口紅が塗られている。

緊張を隠し、微笑みを貼り付けて挨拶《あいさつ》に回るローニャ。

そして、歴史の本にも載っている伝説の妖精と出会ったのだ。

それはエルフの王国ガラシアの女王ルナテオーラとその弟オルヴィアス。

星色とたとえられる白銀と白金に煌《きら》めく長い髪と、藍色の瞳を持つエルフの王族。

女王ルナテオーラは、ウェーブのついた長い髪を垂らし、白いオフショルダーのドレスを身に付けている。

オルヴィアスは藍色のマントを羽織《はお》ったガラシア王国の護衛服だ。

数々の戦いで勝利を収めて、歴史に名を残したエルフの英雄。

とても美しい女王と王弟殿下に、ローニャは見惚《みと》れてしまった。

しかし、いつまでも見惚《みと》れていては失礼とばかりに、ローニャは挨拶《あいさつ》を交わす。

「あなたが噂の婚約者ですわね、王妃様からお話は伺っておりますわ」

女王ルナテオーラは、美しい微笑みを浮かべて、そう切り出す。

「王妃様には、とても良くしていただいています」

「そう聞いているわ。今度わたくしともお茶を飲みましょう」

社交辞令だろうとローニャは思った。

しかし、そうだとしても、ローニャは承諾するしかない。

「とても光栄です。ぜひ」

「ええ、またね」

ローニャが次の挨拶《あいさつ》のために立ち去ると、ルナテオーラはオルヴィアスに話しかけた。

「可愛い子だわ」

「……姉上が褒《ほ》めるのは珍しいですね」

「あら、ちゃんと見ていなかったの？　ガヴィーゼラ伯爵家の令嬢よ」

「ちゃんと見て、挨拶《あいさつ》をしましたよ。よく似ていましたね」

「そうかしら？」

「？」

ガヴィーゼラ伯爵家の人達によく似ているとの印象を受けたオルヴィアスだったが、ルナテオーラは違うと首を左右に振る。

「王妃の話だと、とても優しい子だそうよ。わたくし、興味があるわ、楽しみ」

「……そう、ですか」

オルヴィアスはローニャの後ろ姿を改めて見たが、ルナテオーラは楽しげに微笑むばかりだ。

妖精の女王ルナテオーラが、ローニャを気に入るまでに、そう時間はかからなかった。

そして、オルヴィアスも時間はかかったが、ローニャに対する恋心に気付く。

のちに、ルナテオーラは思った。

ローニャは妖精に愛される娘なのではないかと。

否、きっと。妖精だけにとどまらず、多くの者に愛されるべき娘なのだと。

RC
Regina COMICS
令嬢はまったりをご所望。
1
原作 三月べに
漫画 梶山ミカ
アルファポリスWebサイトにて
好評連載中!
待望のコミカライズ!
過労により命を落とし、とある小説の世界に悪役令嬢として転生してしまったローニャ。彼女は自分が婚約破棄され、表舞台から追放される運命にあることを知っている。
だけど、今世でこそ、平和にゆっくり過ごしたい!
そう願ったローニャは、小説通り追放されたあと、ロトと呼ばれるちび妖精達の力を借りて田舎街に喫茶店をオープン。すると個性的な獣人達が次々やってきて――?
B6判・定価:本体680円+税 ISBN:978-4-434-26756-7
大好評発売中!
アルファポリス 漫画
検索
婚約破棄されたので
悪役令嬢を卒業して
カフェはじめました。

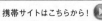

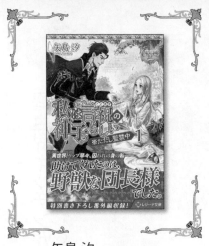

大好評発売中!!
Regina COMICS
異世界でカフェを開店しました。
1〜9
原作
甘沢林檎
Ringo Amasawa
漫画
野口芽衣
Mei Noguchi
アルファポリスWebサイトにて
好評連載中!
異世界でカフェを開店しました。9
バカンスでLet'sクッキング!
初めての旅行先で海の家をオープン!?
異世界クッキングファンタジー
待望のコミカライズ!
突然、ごはんのマズ〜い異世界にトリップしてしまった理沙。もう耐えられない! と食文化を発展させるべく、カフェを開店。噂はたちまち広まり、カフェは大評判に。精霊のバジルちゃんや素敵な人達に囲まれて異世界ライフを満喫します!
B6判・各定価:本体680円+税
シリーズ累計116万部突破!(電子含む)
アルファポリス 漫画
検索

RC Regina COMICS
自称 悪役令嬢な婚約者の観察記録。
1~4
シリーズ累計35万部突破!!
(電子含む)
原作=しき
Presented by Shiki & Natsume Hasumi
漫画=蓮見ナツメ
アルファポリスWebサイトにて
好評連載中!!
＼異色のラブ(?)ファンタジー／
待望のコミカライズ!
優秀すぎて人生イージーモードな王太子セシル。そんなある日、侯爵令嬢バーティアと婚約したところ、突然、おかしなことを言われてしまう。
「セシル殿下！ 私は悪役令嬢ですの!!」
……バーティア曰《いわ》く、彼女には前世の記憶があり、ここは『乙女ゲーム』の世界で、彼女はセシルとヒロインの仲を引き裂く『悪役令嬢』なのだという。立派な悪役になって婚約破棄されることを目標に突っ走るバーティアは、退屈なセシルの日々に次々と騒動を巻き起こし始めて——？
ついにギャフンされる時が…って、どうして
プロポーズされてますの!?
大好評発売中!!
アルファポリス 漫画 検索
B6判 / 各定価:本体680円+税

本書は、2019年2月当社より単行本として刊行されたものに書き下ろしを加えて文庫化したものです。


この作品に対する皆様のご意見・ご感想をお待ちしております。

おハガキ・お手紙は以下の宛先にお送りください。

【宛先】

〒150-6008 東京都渋谷区恵比寿4-20-3 恵比寿ｶﾞｰﾃﾞﾝﾌﾟﾚｲｽﾀﾜｰ 8F
(株) アルファポリス　書籍感想係

メールフォームでのご意見・ご感想は右のＱＲコードから、
あるいは以下のワードで検索をかけてください。

アルファポリス　書籍の感想　検索

ご感想はこちらから

レジーナ文庫

令嬢《れいじょう》はまったりをご所望《しょもう》。3

三月《みつき》べに

2020年9月20日初版発行

文庫編集－斧木悠子・宮田可南子
編集長－太田鉄平
発行者－梶本雄介
発行所－株式会社アルファポリス
〒150-6008 東京都渋谷区恵比寿4-20-3 恵比寿ｶﾞｰﾃﾞﾝﾌﾟﾚｲｽﾀﾜｰ8階
TEL 03-6277-1601（営業）　03-6277-1602（編集）
URL https://www.alphapolis.co.jp/
発売元－株式会社星雲社（共同出版社・流通責任出版社）
〒112-0005 東京都文京区水道1-3-30
TEL 03-3868-3275
装丁・本文イラスト－RAHWIA
装丁デザイン－AFTERGLOW
（レーベルフォーマットデザイン－ansyyqdesign）
印刷－中央精版印刷株式会社

価格はカバーに表示されてあります。

落丁乱丁の場合はアルファポリスまでご連絡ください。

送料は小社負担でお取り替えします。


ISBN978-4-434-27870-9 C0193